L'AMI

DU MÊME AUTEUR

CHEZ SABINE WESPIESER ÉDITEUR

ROISSY
2018 ; Points, 2019

CHEZ D'AUTRES ÉDITEURS

ISABELLE EBERHARDT, UN DESTIN DANS L'ISLAM
Tallandier, 2016

COMME UNE IMAGE
Éditions des Busclats, 2015

À TABLE !
Le Seuil, 2008

LA MENACE DES MIROIRS
Le Cherche Midi, 2006

HOLY LOLA
(avec Dominique Sampiero), Grasset, 2004

À BRAS LE CORPS
Flammarion, 2003

L'HOMME BLANC
Flammarion, 2000 ; Points, 2001

DANS LA NUIT AUSSI LE CIEL
Paroles d'aube, 1999 ; Points, 2000

TIFFANY TAVERNIER

L'AMI

roman

SABINE WESPIESER ÉDITEUR
13, RUE SÉGUIER, PARIS VI
2021

I

1

C'EST UN SAMEDI COMME TOUS LES AUTRES. Je m'habille dans la pénombre, en faisant attention de ne pas réveiller Élisabeth. En bas de l'escalier, pas de Jules. D'habitude, elle m'accueillait avec des glapissements joyeux. Dans la cuisine, j'allume la cafetière électrique, je sors une tasse du placard. À travers la fenêtre, l'aube point, les feuilles des chênes frémissent. En face, personne n'est levé. Le silence emplit tout. Quand Jules est morte, c'est Élisabeth qui a voulu qu'on l'enterre dans un cimetière pour chiens, elle encore pour le choix de la tombe. Blanche. La cérémonie était belle. Même ses sœurs sont venues. Ce soir-là, on a tellement bu que tout le monde est resté dormir à la maison, sauf Guy et Chantal, bien sûr. Cela m'a fait quelque chose qu'ils viennent. Surtout Guy. Avec la dépression de Chantal, il en chie. Chie, oui, c'est le mot. On les entend parfois s'engueuler jusque tard, puis rien, ça passe. Nelly, leur chienne, c'était il y a un an. Un vrai coup de malchance, il y a si peu d'allées et venues par ici. L'enfoiré qui l'a percutée s'est bien gardé de laisser son nom, on ne l'a jamais retrouvé. Leur chienne, si. Du moins, ce qu'il en restait : un tas de chairs sanguinolentes qu'on a enterré le soir même avec Guy. À la pelle, dans son jardin. Une sale nuit comme on n'aime pas en vivre. Guy pleurait en silence, je creusais. C'est peut-être la raison pour laquelle Élisabeth a eu besoin de faire les choses en grand pour Jules. Pour rattraper ce malheur.

Sur la table, une *Musca domestica* se frotte les pattes, facile à reconnaître avec ses deux gros yeux rouges et son thorax gris. Je me demande si elles existent au Vietnam. La prochaine fois que Marc nous fera signe, je le lui demanderai. Il a l'air de trouver la vie formidable là-bas. Sur les photos de son compte Instagram, il n'arrête pas de sourire, ce qui rassure Élisabeth. Moi, pas. Qu'a-t-il eu besoin de choisir ce pays ? À coup sûr, mon père n'aurait pas apprécié. Ce boulot, en plus, dans ce grand hôtel. Est-ce qu'on le traite bien au moins ?

Dehors, le ciel vire au rose pâle. Je ne suis jamais allé bien loin, moi. Une fois, à vingt-deux ans, quelques jours en Espagne, une autre fois en Suède avec Élisabeth. Puis Marc est né. Partir ne nous disait plus rien ou alors à la mer, en été, avec le petit. Parfois, cela me fait tout drôle de le savoir si loin. Le manque remonte, brutal. Et puis ça passe, comme les disputes entre Guy et Chantal. Cela fait des années pourtant qu'il n'habite plus chez nous, mais bon, sa fac, un coup de voiture et j'y étais. Entre nous, désormais, même l'heure est différente et on a beau communiquer par Skype, plus le temps passe, moins on a de choses à se raconter.

Sur la table, la mouche s'envole et vient se poser sur la vitre. Plus que tout, j'aime ces heures où rien encore ne s'agite. Aucun bruit de voiture, aucune sonnerie de téléphone. Seule la lente poussée du jour, le craquement des branches dans le vent. J'avale d'un trait mon café. Après, j'irai faire mon tour le long de l'Aune. À cette heure, je n'y ai jamais rencontré personne à l'exception de Chantal, une fois. Le soleil venait de se lever. Je suis tombée sur elle, assise au bord de l'eau, les yeux dans le vague. La frousse qu'elle a eue en me voyant. Elle n'avait pas dormi de la nuit et s'était dit qu'un peu d'air frais lui ferait du bien. Je lui ai proposé de venir boire un café. Elle m'a fixé d'un air étrange, puis, subitement, elle s'est levée et elle est partie. Élisabeth dit que c'est à cause de ses médicaments. Des trucs tellement forts qu'il faut parfois des mois avant de trouver le bon dosage.

Les premiers rayons du soleil illuminent la cuisine. Bientôt, on pourra prendre le petit déjeuner sur la nouvelle terrasse. Le boulot que cela m'a coûté de déblayer le terrain. Mais ça y est, les piliers sont en place, il ne me reste plus qu'à poser les planches. On pourra y installer une balancelle comme dans les films américains. Dessous, je ferai une réserve à bois et, en cas de pluie, j'ai même prévu de construire un auvent. La vue est tellement belle d'ici. Des arbres, rien que des arbres. C'est ce qui m'a le plus emballé quand nous sommes tombés sur cette maison. Ce côté sauvage partout alentour. Élisabeth, non. L'idée de vivre dans un endroit aussi isolé lui faisait peur. L'affaire était si bonne, je l'ai suppliée de réfléchir. En plus d'être vendue pour une bouchée de pain et de laisser entrevoir toutes sortes d'aménagements possibles, cette maison était située à seulement dix kilomètres de l'usine où je travaille et à moins de huit kilomètres de P., le bourg où, en tant qu'infirmière, Élisabeth était attendue à bras ouverts. Si on optait pour un appartement en ville, c'étaient des dizaines de kilomètres en plus par jour et un espace beaucoup plus réduit. Malgré tout, Élisabeth hésitait et je m'apprêtais à renoncer quand sa mère évoqua l'idée d'acheter un chien. Là, ce fut magique. Avec un chien – mais un vrai chien de garde, hein ? –, alors oui, Élisabeth pouvait s'imaginer vivre là-bas.

Les jours suivant l'emménagement, j'étais tellement excité que je me suis lancé dans les travaux de notre chambre, de celle du petit, de la salle de douche, puis du salon en bas, de la cuisine et du garage.

Aujourd'hui, on a tout ça et même une troisième chambre qu'Élisabeth, faute d'enfants, a décidé de reconvertir en atelier il y a deux ans. Elle y passe de plus en plus de temps pour peindre ses « révélations » : amas de formes et de couleurs qui ne me parlent guère. Mais bon, cela lui fait du bien et vu ce qu'elle endure au boulot... Dans un coin, elle a gardé le lit ; une de ses sœurs y dort parfois. Mon frère, lui, jamais. Mais lui, c'est une autre histoire.

Je jette un œil à la deuxième horloge. À Hanoï, il est près de midi, les rues regorgent de monde. Ici, l'herbe est encore mouillée et les libellules dorment. Dans la lumière naissante du jour, tout scintille jusqu'aux roches. Avec un peu de chance, j'attraperai quelques écrevisses et, si l'eau n'est pas trop froide, je me baignerai là où, sous la voûte des arbres, l'Aune est un peu plus profonde. Il va faire beau aujourd'hui. Le ciel est dégagé. Cet après-midi, je sortirais bien la grande échelle pour aller regarder sur le toit d'où vient cette fuite. Guy acceptera-t-il seulement de m'aider à la porter ? Cette nuit, je l'ai entendu rentrer très tard avec sa fourgonnette. Quand cela chauffe trop avec Chantal, il part rouler des heures pour se calmer. Les lendemains sont difficiles. Pour une fois que je ne suis pas d'astreinte. J'irai tout de même tenter ma chance, mais pas avant midi. Guy est d'une humeur de chien le matin. Depuis tout ce temps, j'ai appris à le connaître.

J'enfile mes bottes en me promettant, à mon retour, d'apporter à Lisa son petit déjeuner au lit. J'en profiterai pour me glisser à côté d'elle. Elle râlera parce que je puerai la vase, puis me pardonnera parce que je n'ai pas oublié la confiture. Après toutes ces années, je me dis qu'on a de la chance de s'aimer encore si fort. D'avoir cette vie tranquille aussi, même si, chaque soir, elle arrive de plus en plus crevée à cause de la surcharge de boulot et que, de mon côté, je trouve de plus en plus difficile de me lever en pleine nuit pour réparer en urgence une machine tombée en panne à l'usine. Il n'empêche, rien à voir avec la vie de combat de mon frère, celle, du moins, que je lui ai toujours imaginée dans ces pays lointains. Les rares fois où on se parle, je n'ose jamais le questionner et, de lui-même, il ne m'en parle pas. Même pas une femme ou un gosse avec ça.

J'attrape ma veste, m'apprête à ouvrir la porte. Tiens, un bruit de moteur et pas qu'une seule voiture. Il n'y a pourtant que nos deux maisons ici. Qu'est-ce que cela peut bien être ? J'ouvre la porte, découvre, abasourdi, une, deux, trois, quatre, cinq, six voitures de flics suivies d'une ambulance, qui déboulent en trombe. Au même moment, je vois surgir de la forêt une vingtaine d'hommes casqués, type GIGN, visières baissées, gilets pare-balles, armes au poing. La scène est tellement irréelle que je me demande si je ne suis pas en proie à une hallucination. Dans un nuage de poussière, les voitures viennent se garer devant la maison de Guy et de Chantal.

« Monsieur, vous ne pouvez pas rester ici. »

Je fais un bond en arrière, fixe l'homme planté devant moi.

« Capitaine Bretan, gendarmerie nationale. »

Derrière son dos, des GIGN s'agenouillent en position de tir autour de la maison de Guy et de Chantal. Qu'est-ce que...

« Monsieur ? »

Dans ma tête, c'est un remous indescriptible. Son front si dégagé, si net.

« Combien de personnes sont en ce moment chez vous ? »

Je le considère, ahuri.

« Monsieur, s'il vous plaît. »

Retrouver les mots. L'espace des mots. Leur déroulé logique.

« Je... juste moi et ma femme à l'étage, mais enfin... qu'est-ce qui se passe ? »

Il jette un œil à la fenêtre du premier, jauge, en une fraction de seconde, la distance entre nos deux maisons.

« Ne vous inquiétez pas, nous avons juste besoin d'être sûrs qu'il ne vous arrive rien le temps de notre intervention.

– Quelle intervention ? C'est quoi ce...

– Monsieur, nous n'avons pas de temps. »

Derrière son dos, quatre GIGN armés se rapprochent en courant de la maison de Guy et de Chantal...

« C'est nos voisins ? Parce que c'est nos amis, on se connaît depuis un bout de temps... »

J'ai presque envie de rajouter l'histoire de la fuite sur le toit, la grande échelle que je ne peux pas porter seul. Sa stupeur m'arrête net.

« Vos amis ? »

Ben oui, nos amis, tondeuse, parties de cartes, parasol, barbecue, quoi de plus normal, aucune autre baraque à des kilomètres, alors pourquoi cet air interloqué, je voudrais le secouer tout à coup, qu'est-ce qui leur est arrivé ? Seulement, les mots ne sortent pas. Et maintenant, cette façon qu'il a de me fixer. Comme s'il m'en voulait... Comme si c'était trop tard...

« Ben oui, Guy et Chantal, quoi. »

Sa voix se radoucit.

« Écoutez, faites descendre votre femme et, jusqu'à nouvel ordre, ne sortez pas de chez vous et ne vous approchez d'aucune fenêtre, compris ? »

2

ÉLISABETH ME REGARDE SANS COMPRENDRE. Je lui murmure qu'il y a des flics, partout des flics, que cela a l'air grave, très grave même, qu'il faut qu'elle sorte du lit, fissa. Elle se lève d'un bond, passe sa robe de chambre, me suit, les cheveux ébouriffés. En haut de l'escalier, elle se raidit en découvrant le type du GIGN. Le même effroi m'a saisi tout à l'heure. Nos deux maisons dans ce coin si tranquille... Il fallait vraiment qu'un truc de dingue soit arrivé à Guy et Chantal pour rameuter une telle armée. J'ai eu envie de fuir. Au lieu de cela, je suis resté comme pétrifié sur le seuil en essayant du mieux que je pouvais de me calmer. Mon cœur surtout. Les battements de mon cœur. Une véritable explosion. Comme s'il savait déjà la nature de ce qui s'était produit. Quelque chose de terrible que je ne pouvais pas, que je ne voulais pas imaginer.

Et maintenant Élisabeth, dégringolant les marches à mes côtés. Elle, d'habitude si gaie. Tant d'hommes pour une petite maison. Quelqu'un les aurait-il tués ? En bas, le GIGN, gilet pare-balles, visière ouverte, désigne du doigt le salon.

« Allongez-vous sur le tapis. »

Seulement, Élisabeth vient à peine de se réveiller. L'information va trop vite.

« Sur le tapis, mais pourquoi ?

– Ne vous inquiétez pas, madame, c'est par simple mesure de sécurité, au cas où ça chaufferait en face.

– Comment ça, en face ? »

Elle a presque crié. Il lui répond qu'il ne peut pas lui en dire plus. Elle se tourne vers moi.

« C'est chez Guy et Chantal ? »

Je lui fais signe que oui et je vois ses deux pupilles s'agrandir. Le GIGN reçoit un ordre dans son casque.

« Allongez-vous maintenant. »

J'aimerais lui demander si c'est à cause des balles qu'il s'apprête à tirer ou à cause de celles, perdues, susceptibles de venir d'en face, s'il a déjà connu des situations semblables, s'il sait si Guy et Chantal sont encore vivants, si...

« Monsieur, coopérez s'il vous plaît. »

Tout paraît si absurde, lui, d'abord, qui pourrait être mon fils, qu'est-ce qui l'a poussé à choisir un tel métier, nous deux ensuite, éberlués, alors que c'est chez nous ici. Chez nous. Et que moi, d'habitude, face aux menaces les plus graves, une machine à l'usine qui risque d'exploser par exemple, je garde toujours mon calme, pourquoi alors cette impression de désastre, comme si je savais la bataille perdue d'avance. Le gamin insiste.

« Monsieur... »

Sait-il au moins combien de temps on va devoir rester comme cela ? D'une voix qu'il cherche à rendre aussi ferme que possible, il me répond qu'il ne sait pas, non, puis m'indiquant à nouveau le tapis où Élisabeth s'est déjà allongée :

« Pouvez-vous rejoindre votre femme maintenant ? »

Je m'exécute.

« Je vais devoir m'éloigner, ne vous levez sous aucun prétexte et ne faites pas de bruit jusqu'à ce qu'on revienne vers vous. »

3

Allongé contre elle, je raconte à Élisabeth, à voix basse, l'arrivée des voitures en trombe, celle de l'ambulance, des hommes armés surgissant de la forêt. J'évite de mentionner le désarroi de l'officier quand je lui ai appris que nous étions proches de Guy et Chantal, le sale pressentiment qui flotte en moi depuis. Elle évoque l'idée d'un cambriolage qui aurait dégénéré. J'ai dû mal à y croire. On ne déploie pas une telle armée pour des voleurs.

« Un fou alors qui les aurait agressés ? «

Un fou dans ce trou paumé ?

« Et si c'étaient des braqueurs ? Des types qui auraient manqué leur coup et qui auraient trouvé refuge chez eux ? »

Je voudrais qu'elle se taise. Que tout redevienne vrai comme tout à l'heure dans la cuisine.

« Thierry, je sais, des prisonniers en cavale. »

Des prisonniers, elle n'a pas tort, cela pourrait expliquer la présence du GIGN. Elle blêmit.

« Non, des terroristes ! »

Cette peur en elle. Se lever, sortir de la maison, s'élever dans les airs, flotter par-dessus le monde.

« Des terroristes qui se seraient pointés ici à pied en pleine nuit ?

– Et pourquoi pas ! »

Ne pas répondre. Fixer les rideaux, le chatoiement du jour dans les rideaux en espérant qu'elle va se taire. Mais sa pensée s'affole, tout part en vrille. D'une voix de plus en plus précipitée, elle se demande combien de bombes ils ont sur eux, si, en dernier recours, ils ne vont pas décider de tout faire exploser, si, du coup, il ne vaudrait pas mieux désobéir comme les rares survivants des tours jumelles qui, passant outre les ordres, ont quitté leur étage, eux ! Je lui oppose que, dehors, il y a plus de vingt tireurs d'élite qui n'hésiteront pas à la prendre pour cible. Elle se mord la lèvre, me parle alors de Chantal qui ne va jamais s'en remettre, de l'odeur de Jules qui lui manque, de son envie de faire pipi, de ses sœurs qu'elle voudrait près d'elle, de Marc qui ne sait encore rien de ce qui est en train de se produire, *mais quoi exactement ?* Marc qu'il va falloir appeler et qui... Les mots s'étranglent dans sa gorge. S'écrasent. Et de la sentir autant paumée me donne encore plus le vertige. À trente mètres près, c'était sur nous, cette nuit, que « ça » tombait. Elle se serre contre moi.

« On n'entend rien, tu trouves ça normal ? »

Je suis comme elle, je m'attendais à une explosion d'ordres, de tirs, d'impacts de balles. Qu'est-ce qu'ils attendent ? Dans le salon, je pourrais presque la toucher, la violence. Tornade qui, d'un mur à l'autre, valdingue. J'enlace Élisabeth, fixe mon attention sur le mur côté télévision où les reflets du jour forment d'innombrables taches qui, sitôt apparues, disparaissent en une danse incessante. Comment cela va-t-il finir ? J'ai six ans. Sur la pointe des pieds, j'ouvre la porte de la chambre où repose le père de ma mère. Je m'approche tout doucement de lui, me demandant pourquoi les rideaux sont tirés et pourquoi tous les meubles sont recouverts de drap noir. Je me penche pour lui parler. Ses lèvres ne bougent pas. Je soulève sa paupière, tombe sur son œil blanc. Grand-père ? Quelque chose s'ouvre en moi. Une bouche qui, à une vitesse foudroyante, m'agrippe et m'aspire vers le bas. Je fais un bond en arrière, je fais tomber un vase. Je cours à perdre haleine.

« Parle-moi, Thierry, reste avec moi. »

Je lui montre au plafond la microfissure qui s'étend, me demande si c'est à cause du terrain qui bouge, imagine, un court instant, la maison fendue de part en part. Elle se serre encore plus contre moi, m'avoue qu'elle aimerait bien prier, qu'elle ne sait plus comment. Voudra-t-elle encore de la terrasse après ça ? Et Guy, la grande échelle ? Quand je pense que j'ai failli me lever quand je l'ai entendu rentrer cette nuit. Les types auraient peut-être pris peur et... Je revois le corps d'Abdane, le corps de Jules.

« T'as entendu ? »

Oui, j'ai entendu comme elle ce bruit de porte de voiture qui claque, une deuxième maintenant et une troisième, suivi d'un démarrage en trombe. Se peut-il qu'ils soient allés aussi vite ? Je me relève à demi. Au bout du chemin, dans le virage, des crissements de pneus couvrent, un instant, les hurlements d'une sirène.

« C'est bon, vous pouvez vous relever. »

Il a surgi sans faire aucun bruit, retire lentement son casque, sous lequel apparaissent ses cheveux blonds trempés de sueur.

« Tout danger est écarté, vous n'avez plus rien à craindre.

– Mais... nos voisins ?

– Restez ici, le capitaine Bretan va venir vous tenir au courant de la situation. »

4

« Arrêtés ?! »

Le capitaine ne répond pas tout de suite et je me dis que j'ai dû mal entendre. Élisabeth part d'un fou rire nerveux.

« Pas eux, non... Chantal, en plus, dans l'état où elle est... »

J'ai presque envie de rire moi aussi. Le regard que m'adresse l'officier m'arrête net.

« Je comprends votre choc, ils sont vos amis. »

Cette façon d'appuyer sur ce mot « amis ». Une colère sourde monte en moi. Élisabeth se met à pleurer. Je lui saisis la main, la somme doucement de se maîtriser. Elle me regarde, perdue.

« Mais Guy... Chantal... non, ce n'est pas possible et puis qu'est-ce qu'ils ont fait ? »

Cette lueur de dédain dans les yeux du capitaine. Dans la vraie vie, celle du boulot et des samedis au bord de l'Aune, je le foutrais dehors, mais là on a basculé ailleurs, et j'ai besoin de lui. Il approche une chaise de nous.

« Depuis quand les connaissez-vous ? »

À la façon qu'a Élisabeth de se tordre les mains, je décide de répondre à sa place. Elle va craquer sinon.

« Depuis qu'ils ont acheté la ruine d'en face et qu'ils l'ont retapée. Il y a un peu plus de quatre ans. »

Il se tourne vers elle.

« Madame, si vous n'êtes pas d'accord ou si vous souhaitez ajouter quelque chose, n'hésitez pas à intervenir. »

Elle lâche un oui à peine audible et je ne sais pas ce qui me retient de lui dire combien elle est sensible, ma Lisa, le moindre coup de feu dans un film, la moindre blessure, même celle d'une petite bête, alors qu'au boulot, jamais, comme si sa blouse d'infirmière la protégeait, et pareil dès qu'il s'agit de secourir quelqu'un, à la fête de l'école la semaine dernière, le doigt du gosse qui pissait le sang, elle a juste été formidable, alors qu'ici, à la maison, une vraie gamine, mais allez expliquer ce genre de choses à un flic, à celui-ci en particulier, une tête, ça je l'ai compris au premier coup d'œil, si bourge avec ça, si sûr de lui.

« Depuis que vous les connaissez, avez-vous noté chez eux quelque chose de bizarre ? Dans leur comportement par exemple.

– Non, pas vraiment, enfin, si, Chantal qui allait de moins en moins bien... et puis leurs engueulades aussi, de plus en plus nombreuses.

– Rien d'autre ? »

Réfréner ce mélange de peur et de colère qui m'envahit.

« Ils sont discrets et Guy est toujours prêt à rendre service.

– Vous n'avez rien noté d'anormal dans leur attitude ? »

Il n'écrit rien, n'enregistre rien, dissèque la moindre de mes réactions.

« Non, si ce n'est que Guy était plus tendu ces dernières semaines, mais vu l'état de Chantal... Sa dépression pesait, vous comprenez ? »

Non, il ne comprend pas et peut-être même qu'il s'en fout ou qu'il ne veut pas comprendre.

« Quand les avez-vous vus pour la dernière fois ?

– Guy, c'était avant-hier soir, en rentrant du boulot. Il réparait sa fourgonnette dans son garage, je lui ai proposé de l'aider, il m'a répondu que ça n'était pas la peine.

– Et vous, madame ? »

Les larmes montent brusquement. Elle les réfrène en détournant la tête.

« Lui, c'était mercredi... Je partais au travail, il était dans le jardin, il m'a salué. »

Il se tourne à nouveau vers moi.

« Et Chantal ? »

Est-ce son insensibilité ou mon appréhension qui me le rend aussi odieux ?

« Elle, c'était il y a deux jours, elle a toqué chez nous, elle n'avait plus de sucre, elle voulait faire un gâteau.

– Un gâteau ?! Mais un gâteau à quoi et pour combien de personnes ? »

Je le regarde, ahuri. Il se paie notre tête ou quoi ?

« Ben, j'en sais rien, qu'est-ce que t'en dis, Élisabeth ?

– Heu... je crois bien qu'elle m'a parlé de chocolat... et pour le nombre... cent cinquante grammes de sucre... je dirais un gâteau pour quatre... »

Il semble réfléchir à toute vitesse.

« Ils recevaient souvent du monde ?

– Oui, nous, parfois.

– Seulement vous ? »

J'ai comme un éclair. Je cherche confirmation dans les yeux d'Élisabeth, je vois qu'elle a percuté comme moi.

« Ben... oui. »

Merde, comment avons-nous pu passer à côté de cela ? C'est vrai que Chantal n'allait pas bien, mais Guy, ses collègues dans l'immobilier, ses amis. Pourquoi ne les a-t-on jamais vus ? Il faisait bien la bouffe, en plus. Un vrai chef...

« Et hier ? »

Je sursaute.

« Quoi, hier ?

– Vous n'avez rien remarqué d'anormal ?

– Puisqu'on vient de vous dire qu'hier on ne les a pas vus.

– Des bruits qui vous auraient paru suspects ? »

Je le fusille du regard. Des bruits de quoi ? De machine à imprimer des faux billets ? De moteurs de voitures volées ? Trente hommes pour venir les arrêter ! Dans quel merdier ont-ils bien pu se fourrer ? Il se rapproche encore un peu plus de nous.

« Cette nuit par exemple ? »

Je secoue la tête.

« Cette nuit, j'ai juste entendu Guy rentrer avec sa fourgonnette.

– Vous sauriez me dire à quelle heure ?

– Non, mais il était tard, très tard même.

– Très bien, ce sera tout pour le moment. »

Je le regarde, stupéfait. Il ne pense tout de même pas s'en aller sans rien nous dire. Les outils, en plus, qu'est-ce que j'en fais, moi ? Il me fixe sans comprendre.

« Quels outils ?

– Ceux de son cabanon que Guy m'a confiés. »

Ses yeux s'agrandissent.

« Quel cabanon ?

– Mais... celui qu'il a dans la forêt. »

Un vent de panique s'abat sur lui. Il est du genre blindé pourtant, qu'est-ce que...

« Vous savez où il se trouve, ce cabanon ?

– Oui, bien sûr.

– Vous pourriez me l'indiquer sur une carte ? »

Il parle si vite tout à coup. Sa peur me gagne.

« C'est que... il faudrait qu'elle soit vraiment précise, votre carte... »

Cette tension sur son visage.

« Vous pourriez m'y conduire ?

– Cela dépend, en voiture ou à pied ? »

Il me lance un regard noir.

« En voiture, bien sûr ! »

Garder contenance, penser à autre chose. À Hanoï. Aux rues d'Hanoï. Au rouge étincelant des élytres d'un *Lycidae*.

« C'est à un peu plus de cinq minutes, mais il faudra quand même marcher...

– OK, je vous embarque, mais vous resterez dans la voiture. »

5

Dehors, les arbres ruissellent de lumière. Depuis le seuil, je reste, un moment, à les fixer, en cherchant du mieux que je peux à éviter la vision du gendarme, là-bas, en train de dérouler une rubalise autour de leur maison. Tout est donc vrai. Bretan perçoit mon trouble. Il me fait signe de le rejoindre. L'imbécile que je suis. Jamais je n'aurais dû sortir. En ouvrant la porte, j'ai laissé se propager la débâcle.

« Venez maintenant. »

J'obtempère, tête baissée, m'en voulant de ne pas trouver le courage de leur demander de faire attention aux fleurs, aux hostas blancs surtout, ainsi qu'aux camélias et aux orchidées jacinthe dont Chantal est si fière. À hauteur de leur allée, j'ai comme un arrêt. Retoquera-t-on jamais à leur porte pour boire l'apéro ? Et le bois que nous achetions ensemble ? Leur tondeuse qu'ils nous prêtaient ?

Bretan, au loin, me fait signe de presser le pas. Je m'apprête à le retrouver quand, derrière l'une des fenêtres du rez-de-chaussée, il me semble voir passer une silhouette vêtue de blanc. Mon cœur se met à battre violemment. Un simple reflet ou l'un de ces techniciens de la police scientifique qui, dans les séries télévisées, débarquent quand il y a eu un crime ? Je n'ai vu entrer personne et les deux fenêtres de la façade offrent à présent une surface si noire que je ne parviens même pas à distinguer un meuble à l'intérieur. Inquiet, j'interroge Bretan du regard, lequel, pour seule réponse, ordonne à cinq de ses hommes de rejoindre leur véhicule. Pourquoi aucun d'eux n'a peur, alors que tout tremble en moi ? Est-ce parce que je ne peux pas encore y croire ? Mais croire à quoi ?

Près des voitures, Bretan s'impatiente. Je voudrais lui dire combien je m'en veux d'avoir laissé Élisabeth, lui raconter notre rencontre à tous les deux, cette façon qu'on a eue, dès le début, d'instaurer des petits rituels entre nous, le mardi, après le boulot, d'aller boire un verre, le jeudi, de faire les courses et le samedi...

« Installez-vous sur le siège passager et mettez votre ceinture. »

Sa voix m'arrive comme dans un rêve. Il démarre en silence et je me demande pourquoi autant de voitures nous suivent, sur quoi ils espèrent tomber au cabanon, m'accroche, un instant, à l'idée qu'ils se sont tous trompés, lui indique, au bout du chemin, la départementale à prendre sur la gauche, puis, de nouveau à gauche, la petite route cabossée qu'il faut parcourir lentement à cause des nombreux trous dans la chaussée. J'évite de lui parler des multiples engueulades qu'on a eues avec le maire de P. à ce sujet. De la colère de Guy de ne pas voir le dossier avancer. Un Guy que je revois, à la sortie de la dernière réunion, tapant du poing sur le capot de sa voiture. De notre surprise à moi et à Élisabeth, si peu habitués à le voir perdre son calme, de son sourire face à notre stupeur, du fou rire qui s'en était suivi et dont nous rigolions encore. Que pouvait-il avoir fait et quand ? Hier ? Mais, hier, Chantal n'était pas avec lui… Et si c'était elle, suite à une surdose de médicaments, qui avait pété un câble ? Si, comme l'un de ces tarés, elle s'était mise à écraser des gens au volant de sa voiture ? Je colle mon visage à la vitre, essaie d'imaginer la scène, non, cela ne tient pas debout, mais rien depuis ce matin. Je fais signe à Bretan de s'arrêter, lui désigne du doigt le chêne au milieu du tapis de fougères.

« Une fois que vous l'avez dépassé, vous prenez à gauche jusqu'au tronc foudroyé. Là, vous prenez à droite et vous montez. Quand vous êtes au sommet, le cabanon se trouve sur l'autre versant, en contrebas. »

Il sort de la voiture en me priant de l'attendre. J'ai bien envie de le suivre, je m'en trouve incapable, comme lorsque mon père, après de longs mois d'absence, me demandait de l'approcher. Il ne me faisait aucun mal pourtant. Malgré tout, quelque chose chez lui me faisait peur. Quelque chose qui tenait moins de sa personne que de ce que laissait supposer son silence : une traversée de l'horreur qu'il me fallait impérativement tenir à distance, comme ici, avec ce capitaine dont l'air de supériorité et l'expérience tout à la fois m'exaspèrent, m'effraient et me rassurent.

Le soleil s'élève doucement. Ont-ils atteint le cabanon ? Guy le refermait toujours à l'aide d'une chaîne cadenassée, ce qui me faisait bien rire. On ne voyait jamais personne traîner dans les parages : qui aurait pu avoir envie d'en forcer la porte ? Guy n'en démordait pas. Est-ce parce qu'il s'en servait comme planque ? Les nombreuses fois où je m'y suis rendu avec lui, je n'y ai jamais rien vu de louche, tout au plus ses outils et quelques bûches de bois. Á moins qu'il n'y ait caché quelqu'un, mais alors où étaient le lit, le réchaud, la vaisselle, les draps ? Et s'ils avaient été arrêtés pour un forfait commis dans le passé ? Tout s'expliquerait alors : l'achat de cette maison dans ce coin plus que paumé, la dépression de Chantal, l'absence d'amis. Je regrette de n'avoir pas pris mon portable. Tout est allé si vite. Élisabeth est-elle montée se recoucher ? Combien sont-ils encore sur place ? Boit-elle un café ? A-t-elle vu, par la fenêtre, la rubalise ?

Une brise légère fait se mouvoir les cimes. L'espace d'un instant, tout penche. Je baisse un peu la vitre, prends une large inspiration. Depuis quatre ans que je les fréquente, qu'est-ce que je sais d'eux au fond ? Qu'ils ne pouvaient pas avoir d'enfants et qu'ils s'étaient mariés il y a dix ans, mais où et dans quelles circonstances ? Ils ne parlaient jamais de leur famille, quoique si, Chantal, une fois : sa mère qui n'avait pu assister à leur mariage à cause de son cancer. Était-elle morte depuis ? Sans doute Lisa en sait-elle plus que moi. L'année dernière, elle avait réussi à convaincre Chantal d'aller nager avec elle à la piscine de P. Guy avait tout fait pour les en dissuader. À ses yeux, sa femme était trop fragile. Il craignait carrément qu'elle se noie. Durant ces moments d'intimité, Chantal avait-elle confié à Élisabeth où elle avait connu Guy et pourquoi ils avaient décidé de s'installer ici ? Quand j'y pense, je ne saurais même pas dire où Guy est né, s'il a des frères ou des sœurs ni si, avant de travailler dans l'immobilier, il a bossé dans d'autres secteurs. Entre nous, c'était plutôt une complicité d'outils. Nul besoin de beaucoup de mots pour réparer, fixer, raboter ou encore pour partager les « petits trucs » qui rendent les travaux plus aisés : telle chaîne de tronçonneuse qui fonctionne mieux qu'une autre, telle lasure qui n'a pas besoin d'une deuxième couche. Quant à notre passion commune pour les insectes, là encore, peu de parlote, si ce n'est pour classifier, nommer, ou encore raconter, ému, l'éclosion des larves d'une chrysope verte, l'accouplement de deux pique-prune, la parade nuptiale d'une mouche-scorpion.

La cime des arbres penche à nouveau. Comment s'y sont-ils pris pour faire sauter le cadenas et qu'ont-ils trouvé là-bas ? J'avais été étonné quand Guy m'avait parlé de repeindre son cabanon, lui qui n'y passait que pour bricoler ou pour y découper du bois. Mais il en avait marre de voir les murs partir en lambeaux ; il était temps de leur donner un coup de neuf. Depuis, on s'était peu revus. Le dimanche suivant, il était juste venu me demander si, le temps de repeindre, il pouvait entreposer ses outils dans mon atelier. J'avais dit oui, bien sûr, puis on avait discuté du meilleur endroit pour acheter des peintures de qualité. Guy détestait se faire avoir et préférait rouler vingt kilomètres de plus pour payer le bon prix. Après l'avoir aidé à décharger sa fourgonnette, je lui avais demandé s'il avait besoin d'un coup de main pour la peinture. Il m'avait regardé, touché. « Non, t'es gentil, ça ira ».

Et maintenant, cette rubalise qui claque dans le soleil comme dans un cauchemar. Je me recroqueville sur le siège, je fixe la boîte à gants, me demande s'il y a un flingue à l'intérieur. J'hésite quelques secondes. Armé, je me sentirais peut-être mieux. La menace est si floue, mais, là encore, cela n'a aucun sens. Si je pouvais comprendre, au moins, d'où me vient cette appréhension. Je ferme les yeux, imagine, tout là-bas, le cabanon. Au milieu des mousses et des brindilles, l'un d'eux surgit. Lui, Bretan, ou l'un de ses subalternes ? D'un coup de pied de biche, il fait céder la porte. Qui entre en premier ? Et pour y trouver quoi ? Dans la voiture, je rouvre les yeux, cherche, parmi les feuillages, un signe de réconfort. Le trou béant de l'œil de l'animal, sa pitié infinie, sa détresse peut-être. Mais partout ce vert resplendissant. Ne devrait-ce pas plutôt être l'hiver ? La boue noire qui colle aux bottes ? Les arbres tordus ? Décharnés ?

Je suis l'enfant qui refuse d'approcher son père, l'enfant qui, des heures durant, contemple le dos immobile de sa mère devant la table de la cuisine, je suis le père de Marc, le mari d'Élisabeth, le type sans histoires sur lequel tous peuvent compter à l'usine. Pourquoi tout ceci m'arrive ?

6

LORSQUE, ENFIN DE RETOUR, Bretan me confie n'avoir rien trouvé sur place, un formidable espoir surgit en moi. Guy et Chantal sont peut-être innocents après tout. Rien de moi n'exulte pour autant. Pire. Une angoisse monstre, inexplicable, m'envahit lentement.

« Mais à l'intérieur... ? »

Il me regarde, pris de court.

« Quoi, à l'intérieur ?

– Guy... je veux dire... il avait peint ?

– De quoi parlez-vous ?

– Les murs, ils étaient peints ou pas peints ? »

Est-ce vraiment moi qui ai hurlé ? Oui, c'est moi. Il me regarde, halluciné. Sortir maintenant. Sortir prendre l'air à pleins poumons. Il me retient du bras.

« Restez. »

Ce murmure dans sa bouche. Presque une supplication. Alors, lui aussi, la noyade ? Face au corps gisant d'Abdane, à l'usine, seule l'étreinte était parvenue à étouffer les cris qui arriveraient plus tard, les miens surtout quand j'allais comprendre que c'était foutu. Sa voix me ramène à nouveau à la surface.

« À l'intérieur, le seul mur repeint était celui de la porte d'entrée. »

Flopée d'images qui me reviennent : Guy et moi chargeant les pots de peinture dans sa fourgonnette et, plus loin en arrière, nous deux, suant comme des lardons, en train de couper du bois sous la chaleur écrasante de l'été.

« C'est drôle, j'étais sûr qu'il avait terminé.

– Pourquoi vous dites cela ?

– Parce que c'est un rapide, Guy, et que, là, ça faisait déjà deux semaines. »

Pourquoi ce retard ? Était-il pris par autre chose ? Mais par quoi ? L'angoisse revient en bloc.

« Merde, c'est tellement dur de ne pas savoir.

– Je vous donne ma parole de vous en dire plus bientôt. Je peux démarrer maintenant ? »

Cette bonté toute nouvelle dans sa voix. Comme pour me consoler par avance. J'acquiesce, perdu, l'arrête d'un geste au moment où il redémarre. Il fait si beau aujourd'hui. À coup sûr, avec les pluies de la semaine passée, la forêt regorge de girolles.

« Quand je vous ai demandé, tout à l'heure, si vous vouliez rejoindre le cabanon à pied ou en voiture, c'est parce que derrière ces broussailles un chemin rejoint leur maison.

– Et merde ! »

Il jette un rapide coup d'œil au rétro, cherche des yeux ses collègues, mais tous sont déjà repartis.

« Vous voulez que je vous montre ?

– Je n'ai pas le temps. Il est visible, le chemin ?

– Plutôt, oui, Guy l'empruntait souvent... »

Nouvelle tension sur son visage. Il fixe le taillis, indécis, finit par composer un numéro sur son portable, demander à un certain Fred de rappliquer au plus vite. Il raccroche, le regard toujours rivé sur l'autre côté de la petite route. Ai-je trop tardé à lui parler de ce raccourci ? En même temps, sur quoi espère-t-il tomber ? Il sort de sa poche un paquet de cigarettes, s'en allume une.

« Elle est belle, la forêt, par ici. »

Il a prononcé ces mots presque avec tristesse. Je confirme d'un mouvement de la tête, me demandant s'il a parlé pour lui. Il aspire une première taffe, ouvre sa vitre.

« Vous avez des enfants ?

– Un gamin de vingt-trois ans, parti travailler au Vietnam l'année dernière. »

Il n'ajoute rien et je voudrais lui demander s'il connaît ce pays, s'il a des enfants lui aussi, s'il pensait à eux en parlant de la forêt et si...

« Ne vous inquiétez pas, dès que mes collègues arrivent, je vous raccompagne. »

Il me raccompagne et puis quoi ? Je déjeune et je m'occupe du potager ? Des claquements de portes interrompent mes pensées. Il écrase sa cigarette, sort rejoindre son collègue. Dans le rétro, il semblerait qu'il faille aller vite. Sans doute savent-ils que Guy et Chantal n'ont pas eu le temps de cacher leur butin bien loin. Pourquoi, sinon, cet empressement à atteindre le cabanon et maintenant ce raccourci ?

De retour dans la voiture, il démarre, pensif, puis me prévient que je vais devoir lui confier les outils que Guy m'avait remis. J'acquiesce en silence.

« Il vous avait confié autre chose ?

– Non. »

Il hoche la tête, toujours aussi absorbé dans ses pensées, et je n'ose pas le questionner. Au loin, dans le virage, la rubalise réapparaît comme dans un mauvais songe. Mon désir de marcher le long de l'Aune était si beau ce matin. Ne pourrait-on pas faire demi-tour ? Mais la voiture continue d'avancer. Absorbant tout : notre maison, nos fleurs, nos chaises. Et soudain la vision de ces deux hommes devant chez eux. Cette fois, c'est sûr, je ne rêve pas.

« Qu'est-ce... qu'est-ce qu'ils font là, ces types ?

– Quels types ? »

Il fait exprès ?

« Les types, là, en blanc, juste devant leur maison.

– Ah, eux ? Ils inspectent la maison. »

Il a répondu trop vite. Quelque chose ne va pas.

« Ils ont besoin de ces combinaisons pour ça ? »

Son visage se ferme.

« C'est la tenue réglementaire, oui. »

Mais lui, alors, et tous les autres gendarmes ? Et puis la tenue règlementaire pour quelle sorte d'inspection ? Ma voix se met à trembler.

« Il y a eu un crime, c'est ça ? »

Il ne répond pas tout de suite et son silence m'affole.

« Est-ce que j'ai dit cela ? »

Il a prononcé cette phrase avec un tel calme. Je le regarde, déconcerté.

« Mais... ces types... ? »

Il serre le frein à main.

« Ils sont là pour mettre certaines preuves sous scellés. Maintenant, il va falloir arrêter de me poser des questions et rejoindre votre femme. Dès que je peux, je vous donne des nouvelles. D'ici là, essayez de noter le moindre détail qui vous revienne. J'oubliais. Jusqu'à nouvel ordre, je vais vous demander de ne pas toucher à la poubelle extérieure et de ne rien ramasser par terre, même s'il s'agit d'un mégot ou d'un papier, de ne pas approcher la maison de vos voisins et, comme mes hommes ont dû le dire à votre femme, d'attendre vingt-quatre heures avant d'avertir vos proches.

– Mais puisque vous les avez arrêtés !

– Nous ne savons pas encore tout, et nous voulons être certains que rien ne nous échappe.

– Est-ce que je peux au moins prévenir mon fils au Vietnam ?

– Personne. Allez-y maintenant. »

Ne pourrait-il pas au moins m'accompagner pour parler à Lisa ? Elle doit avoir si froid. A-t-elle pris sa douche, au moins ?

7

Elle m'attend dans le salon, la mine défaite. Pendant mon absence, des hommes du GIGN sont venus lui demander si tout allait bien. Elle leur a dit que oui sans trouver le courage de leur servir un café. Comme pour moi, la vue de la rubalise lui a fait un sale effet, mais, plus encore, leur nombre, la précision de leur geste. Elle a fini par prendre une douche à l'étage et enfiler ce vieux pull qu'elle choisit d'habitude pour peindre. Ce n'est qu'en redescendant qu'elle a remarqué les deux assiettes près de la télévision. Un tel désordre, qu'avaient-ils dû penser ? Elle s'est mise à les laver, puis tout ce qui traînait. Elle vient se blottir contre moi. Qu'est-ce que nous nous étions dit avec l'officier ? M'étais-je rendu avec lui jusqu'au cabanon ? Qu'y avait-il là-bas ? Avais-je la moindre idée de ce que Guy et Chantal avaient pu faire ? Étions-nous les seuls à être au courant ? Est-ce que cela se passait toujours comme cela ?

« Comme ça quoi, Lisa ? »

Elle se détache doucement. Chantal est si fragile, a-t-elle hurlé en les voyant, s'est-elle défendue, l'ont-ils projetée à terre pour lui passer les menottes ? Et Guy ?

Leur jardin ? Leurs fleurs ? Je lui murmure que je n'en sais pas plus qu'elle, qu'il serait peut-être bon de partir la journée en balade, mais, cet après-midi, elle doit se rendre à la réunion qu'organise le maire sur le projet d'agrandissement de la salle des fêtes et, juste après, elle a promis de passer chez Isabelle et Laslo pour parler de l'organisation du cross des collèges. Je lui souffle que, parmi tant de monde, elle n'arrivera jamais à tenir sa langue, qu'il le faut pourtant, l'officier l'a expressément exigé.

« Mais pourquoi Thierry, pourquoi il nous demande cela ?

– Ils ont peut-être des complices. »

Elle se met brusquement à rire.

« Chantal, des complices ? Même les caissières du Shopi, elle n'ose pas leur adresser la parole ! »

Je lui caresse les cheveux, lui affirme que je sais déjà tout ça. Elle balbutie qu'elle ne sait pas comment retrouver son calme, les situations de merde, pourtant, elle connaît, pas plus tard qu'hier, aux Rosalides, le petit vieux qui s'est chié dessus et Mme Gros qu'elle retrouve tous les matins par terre. À nouveau, je voudrais qu'elle se taise. Elle est si belle, bon sang, et elle se fait tant de mal à ressasser ces choses. Si Jules était encore là, aussi. Je l'imagine courant entre nos jambes et bousculant les meubles.

« Thierry, tu m'écoutes ? »

Ses grands yeux verts en amande qui me font fondre chaque fois que je les vois. Je lui caresse la joue en silence quand la sonnette retentit. Je lui fais signe de ne pas bouger et pars ouvrir la porte. À la vue des deux hommes en combinaison blanche, je me liquéfie.

« Bonjour monsieur. Le capitaine Bretan nous a dit que votre voisin vous avait confié des outils, c'est exact ? »

J'acquiesce, incapable de bouger.

« Pouvez-vous nous montrer où ils sont s'il vous plaît ? »

Non. Pas eux chez nous avec leurs gants de caoutchouc, leur masque, leurs chaussons. Seulement, derrière mon dos, Élisabeth les invite à la suivre. Ils entrent alors, ils entrent avec leurs sacs, leurs appareils photo. Anges maléfiques traqueurs d'horreur. Jusque dans mon atelier, où, pour y voir plus clair, j'ouvre les deux battants qui donnent sur la forêt. Aussitôt, la lumière du jour s'engouffre. Le premier se met à prendre des photos en rafale tandis que le second s'approche des trois cloches de verre où j'ai capturé, là, un sitaris des murailles, là, deux mantes, mâle et femelle, là, enfin, une dizaine de coccinelles. Il se tourne vers moi, sarcastique.

« Alors, vous aussi, les insectes ? »

Je confirme sans ciller, nous revois, Guy et moi, allongés dans les herbes, admirant la joute de deux lucanes mâles se disputant une femelle.

« Une sacrée belle amitié entre vous, dites donc ! »

Inutile de répondre. Ce type, comme la plupart, abhorre les insectes. Combien en a-t-il sciemment écrabouillés juste pour rire ? Toujours aussi suspicieux, je le vois faire le tour de la table centrale, s'arrêter devant mon mur à outils.

« Ce sont ceux de votre voisin ?

– La scie, la pelle, la pioche et le râteau et tout ce qui se trouve dans ces trois cartons.

– Vous les avez utilisés ?

– La pioche et la masse, oui. »

Il embrasse du regard la pièce.

« Vous en avez une, de pioche. Pourquoi utiliser celle de votre voisin ?

– La mienne dévisse.

– Votre masse aussi ? »

Une fois de plus garder mon calme.

« Je la lui ai prise parce que je n'en ai pas.

– Vous n'avez pas de masse ?

– Non.

– C'est étrange, non ? »

Il voudrait que je sois comme Guy. Une proie.

« Très bien, reprenons. Sa masse, vous l'avez utilisée combien de fois et pourquoi ?

– Une fois, pour renforcer les piliers dehors.

– Et la pioche ?

– Pour retirer de la mauvaise caillasse autour des piliers.

– Une seule fois aussi ? »

Cette violence dans ses yeux.

« Une seule fois, oui.

– Il faisait beau ce jour-là ? »

Il continue de me fixer, froid, dédaigneux.

« Je vous demande s'il faisait beau quand vous avez utilisé cette masse et cette pioche ? »

Je voudrais ne plus jamais entendre le son de sa voix. Trouver une couverture comme lorsque j'étais enfant. Me glisser dessous. Tout oublier du monde des hommes.

« Il faisait beau, oui. »

Il jette un œil à son collègue, lui demande de prendre une photo de l'ensemble.

Flash de l'appareil.

« Vous n'avez touché à aucun autre outil, vous en êtes sûr ? »

Je réfléchis à toute vitesse, revois Guy, le sourire aux lèvres, toquant à la porte, sa fourgonnette garée devant le garage...

« C'est difficile à dire. Peut-être bien à la scie... en l'aidant à décharger...

– Vous croyez ou vous êtes sûr ?

– Je... j'en suis sûr.

– Très bien. Vous pouvez nous laisser maintenant. »

Mais comment s'en aller sans poser la question qui s'impose ? Mais aucun mot n'arrive. Juste un épais silence où mon corps flotte. La voix d'Élisabeth me tire en arrière.

« Viens, il faut les laisser maintenant. »

8

JUSTE APRÈS LEUR DÉPART, sans même nous concerter, nous nous sommes mis à surfer sur le Net en zappant d'une chaîne à l'autre, d'une fréquence radio à l'autre, à la recherche de la moindre information sur eux.

Un peu plus tard dans la journée, j'ai fait cuire une pizza que nous nous sommes partagée devant un reportage consacré aux vertus des canneberges. Peu après, on a eu droit à un débat sur la question des devoirs à la maison, suivi des images d'une manifestation d'agriculteurs, puis de celles d'un attentat commis dans une mosquée en Irak, celles, enfin, des nombreux visiteurs au Salon du Bourget... Rien sur une quelconque saisie de drogue, sur un braquage, sur un détournement de fonds ou encore sur un règlement de comptes. Leur cas n'était donc pas si grave et peut-être devait-on l'aspect spectaculaire de leur arrestation à un excès de zèle, voire à une fausse piste. Il y a deux ans, le préfet du coin n'avait-il pas envoyé plus d'une vingtaine de flics pour arrêter ce couple de chômeurs qui faisait pousser des plants de cannabis dans leur jardin ?

Il est bientôt sept heures du soir. Dehors, le soleil est encore haut. Par la fenêtre de la cuisine, nous apercevons les deux mêmes hommes en blanc en train de discuter avec le gendarme en faction devant leur porte d'entrée. Nulle trace de Bretan, quant aux hommes du GIGN, il semblerait qu'ils soient partis.

Un peu plus tard, la météo annonce de fortes rafales dans la nuit, quelques orages aussi, mais plus localisés. Après le passage de la tempête de 99, et malgré les supplications d'Élisabeth, j'avais eu besoin de me rendre compte des dégâts par moi-même. Pas seulement des quelques tuiles qui s'étaient envolées du toit, ni des vitres cassées, mais de la forêt alentour. Ma forêt. Combien de temps j'ai marché à travers ce chaos de feuilles et de branches ? Partout la même désolation. J'avais fini par m'asseoir et demander pardon. Je ne sais pas à qui. Mais pardon, il le fallait. Puis, je m'étais penché pour ramasser un peu de terre.

« Yoh, vous m'entendez ? »

C'est Marc, dont le visage apparaît un peu flou sur l'écran du PC.

« Ici, il pleut des trombes. Attendez, je vous montre ! C'est un truc de dingue ! »

Il déplace sa webcam. Plan sur ses pieds. Plan sur du linge par terre. Un carré blanc enfin sur un formidable bruit de battements de tambour. Élisabeth se force à rire.

« On ne voit rien, chéri !

– Mais vous entendez, non ?

– On entend, oui, mais c'est toi qu'on veut voir, comment vas-tu ? »

De nouveau son visage. Bronzé. Souriant. Avec des cernes sous les paupières.

« Je bosse comme un taré, c'est cool !

– Tu dors, au moins ?

– Je dors, mais je sors aussi beaucoup, comme tous les jeunes ici. Quand est-ce que vous venez ?

– Cela coûte cher, mon grand.

– Au fait, je vais bientôt changer d'appart. Un duplex, le méga luxe ! Il est à une pote qui part étudier deux mois au Japon. Elle me le prête en attendant. Y'a même un jacuzzi, faut que vous veniez, c'est trop beau ici.

– C'est qui, cette pote ?

– Une pote. Et vous, la maison ? »

Je prends les devants.

« Ça va. Tu penses revenir quand ?

– J'attends de voir avec mon boss. Au fait, vous savez quoi ? Il vient d'acheter un chien et il l'a appelé Jules ! C'est pas un truc de ouf, ça ?! Bon, faut que je vous laisse. Très exceptionnellement, je taffe demain. Des grosses bises à tout le monde, hein ! »

L'écran vire au noir.

Jules... Qu'est-ce qui lui a pris, à ce patron, d'appeler son chien comme cela ? Je fixe l'ordi, puis, à travers la fenêtre, les deux hommes de la scientifique agenouillés devant les fleurs de Chantal. À cette distance, il m'est impossible de savoir s'ils ont trouvé quelque chose. Leurs deux sacs en plastique sont bien trop petits pour que je puisse y distinguer quoi que ce soit. Dans quelques minutes, l'arrosage automatique va se déclencher. C'est moi qui le leur avais offert pour remercier Guy de m'avoir aidé à me débarrasser de la tonne de terre générée par la construction de la terrasse. Sous l'œil de Lisa et de Chantal qui papotaient, on avait passé un dimanche après-midi à enfouir les tuyaux. La joie qu'on avait eue, le soir venu, de voir tous les jets s'activer en même temps. C'était quelques semaines avant que Chantal ne rechute. À cette époque, on se retrouvait encore autour de bonnes grillades et, certains soirs, on jouait aux cartes. Quand et dans quel état vont-ils nous revenir ? Après le passage de la tempête, la dévastation était claire, mais là, derrière la rubalise, où tout est resté intact ?

Toujours pas la moindre fuite au journal de vingt heures, et on a presque eu envie de rire soudain. Avec un peu de chance, Guy et Chantal, dès demain, allaient sonner à notre porte « blanchis », avec, en prime, les excuses les plus plates de la gendarmerie.

Peu avant de se coucher, Élisabeth hésite à appeler ses sœurs. Puis, non. Elle a juste eu envie de se glisser sous les draps, d'éteindre, oublier tout jusqu'aux rafales dehors, l'absence de Marc, leur linge encore suspendu, leurs volets qui claquent.

9

BANG ! BANG ! BANG !

J'ouvre les yeux, à peine le jour, c'est quoi, ce bordel ? Un nouveau coup, plus fort cette fois. 7 h 25 ! Élisabeth s'est redressée comme moi.

« Tu crois que c'est encore eux ? »

Deux nouveaux coups. Je me lève d'un bond, m'habille à la hâte, tandis qu'Élisabeth file dans la salle de bains attraper son peignoir. Furieux, je dévale l'escalier pour aller ouvrir. Et là, stupeur. À la place de Bretan, une ravissante jeune femme en jean, tee-shirt ultra-moulant, se tient dans l'encadrement de la porte. À son côté, un jeune garçon, caméra à l'épaule. Sans me laisser le temps de revenir de ma surprise, la fille, armée d'un superbe sourire, tend vers moi son micro.

« Alors, vos impressions depuis que la nouvelle est tombée ? »

Effaré, je regarde tour à tour la caméra puis la fille.

« C'est quoi, ce cirque ? Qui êtes-vous ? »

La fille me tend la main.

« Nathalie Ernu. RJ TV. Je viens recueillir vos réactions à chaud.

– Quelles réactions ? On ne sait rien, nous ! Et puis vous avez vu l'heure ! »

Sans sembler le moins perturbée du monde, la fille fait signe à son cameraman de s'approcher.

« Ne me dites pas que vous n'êtes pas au courant ? Guy Delric, votre voisin, le tueur qu'on recherche depuis des années ! »

L'information m'arrive comme une vague. Derrière mon dos, Élisabeth retient un cri.

« Mais enfin... de quoi parlez-vous ? »

Triomphante, la fille force, d'un pas, l'entrée.

« Les gamines disparues, c'est votre voisin ! C'est lui ! »

Une nouvelle vague. D'une violence inouïe, celle-là. Élisabeth recule d'un pas.

« Comment ça... les gamines ? »

Face à notre air défait, la fille semble encore plus excitée.

« Vous n'avez pas regardé le flash info à minuit, hier ? Sa femme a tout avoué ! Les viols, les meurtres ! Tout ! »

Lever la tête. Trouver un point d'appui. Seulement regarder quoi pour tenir encore debout ? Les ongles d'Élisabeth s'enfoncent dans ma peau. Je ne distingue plus rien. La fille, si. Ses lèvres écarlates. Sa voix comme un écho dans le lointain.

« Chers téléspectateurs, c'est bien normal qu'ils soient sous le choc, imaginez-vous d'apprendre pareilles horreurs sur vos voisins. »

Une nouvelle vague. Encore plus haute. Son déferlement à deux mètres, à un mètre... À son impact, la pelouse qui. La maison, les murs de la maison, les chaises, toutes les chaises.

« Aviez-vous remarqué quelque chose ? Depuis combien de temps les connaissiez-vous ? Aviez-vous de bonnes relations avec eux ? Comment vous paraissait-elle ? Et lui ?

– ...

– Madame ? Monsieur ? Vous m'entendez ? »

Le corps d'Élisabeth, le poids de son corps sur le point de.

« Thierry, ferme la porte... »

Mais le sourire de la fille. Si brutal. Son pied dans l'entrebâillement pour en empêcher la fermeture.

« S'il vous plaît, juste un petit mot, pour nos téléspectateurs.

– Dehors ! »

Elle me fixe, ahurie, manque de perdre l'équilibre.

« Mais... »

Je claque la porte.

J'arrache la sonnette.

Je ferme les verrous.

Je me retourne, je saisis Élisabeth.

« Elle ment, tu m'entends, elle ment ! Jamais Guy n'aurait fait ça ! Jamais ! »

10

Reine, 20 ans, disparue il y a sept ans.

Virginie, 14 ans, disparue il y a six ans.

Zoé, 22 ans, disparue il y a quatre ans.

Margarita, 19 ans, disparue il y a trois ans.

Selima, 13 ans, disparue il y a deux ans.

Marie-Anne, 13 ans, disparue il y a dix-neuf mois.

Violine, 15 ans, disparue il y a deux mois.

Anne-Cécile, 14 ans, disparue depuis quatre jours, sauvée in extremis, aujourd'hui dans le coma.

Dans la maison, pas le moindre objet n'a bougé. La vague a déferlé pourtant. Rasant, laminant tout. Je cherche des yeux Élisabeth, qui fixe le poste, aussi hébétée que moi. À l'écran, ils répètent en boucle le prénom des petites victimes, soulignant, presque avec jubilation, « qu'il pourrait y en avoir d'autres, beaucoup d'autres même ». Puis ils en viennent à cette histoire incroyable – un vrai miracle, scandent-ils –, ce couple de randonneurs perdus en pleine forêt qui, totalement par hasard, dans la nuit de vendredi à samedi, sont tombés sur le « monstre » sur le point d'achever la petite Anne-Cécile à coups de couteau. C'est grâce à leur témoignage et aux empreintes laissées par Guy Delric que la police a pu enfin identifier le tueur, l'arrêter aux aurores dès le lendemain, avec sa femme.

En toile de fond, les photos des gamines défilent, qui avec son bandeau, qui avec son collier de perles, qui, encore, avec ses jolies boucles d'oreilles, son chemisier à fleurs. Depuis combien de temps sommes-nous assis sur le canapé du salon ? Et où est Marc ? Mais peut-être que, en plaquant très fort nos mains sur nos oreilles, tout redeviendra comme avant. Le sol et les murs du salon tanguent. Est-ce à cause de la vague qui reflue ? Pourquoi alors ne nous engloutit-elle pas ? À cette heure, « ils ne peuvent rien dire de plus. Mais c'est déjà beaucoup ». Dans ce genre d'affaires, il est extrêmement rare d'obtenir des aveux aussi rapides. Ceux de « sa » femme, ici, qui, sitôt arrêtée, se serait mise à parler sans discontinuer. « Comme folle », soulignent-ils. Pas lui, non. Lui, on ne sait toujours rien. Ni comment il les a tuées, ni les endroits où il les a enterrées. Puis, de nouveau l'énumération de leurs prénoms, « Reine, Virginie, Zoé, Margarita, Selima, Marie-Anne, Violine », accompagnés de leurs portraits. « Des visages que leurs parents ne verront jamais plus », commente, les larmes aux yeux, une journaliste qui, face à une telle ignominie, « se pose très sérieusement la question du rétablissement de la peine de mort ». Combien de coups le corps avant de rompre ? Combien, avant que la chair parte en fumée ?

Il faudrait se lever.
Prendre nos manteaux.
Disparaître.

11

Reine et Virginie, c'était avant leur arrivée, mais toutes les autres, à commencer par Zoé ? À cette époque, Marc était déjà parti étudier à Grenoble et Guy venait d'acquérir la maison. Sans doute n'avions-nous pas encore fait connaissance. La petite Margarita, en revanche, c'était l'année des vingt ans de Marc. Pour fêter « ça » et nous consoler de l'absence du « petit », Guy et Chantal s'étaient pointés avec un somptueux pauillac. Un an après, au moment de la disparition de Selima, Marc venait de nous parler de son désir de partir vivre au Vietnam. À la maison, nous étions comme deux chiots abandonnés et Guy et Chantal nous invitaient souvent pour nous changer les idées. Quand, moins de six mois plus tard, ce fut au tour de la jeune Marie-Anne de disparaître, un vent de panique souffla sur la région. Plus aucune femme, Élisabeth comprise, n'osait se promener seule. Guy, je m'en souviens, avait fini par se foutre d'elle : « Tu vois pas que ce gars-là, c'est que les gamines qui l'intéressent ! »

La petite Violine, c'était juste après que Chantal rechute. Savait-elle déjà ? Quant à la dernière... Sonnerie du portable d'Élisabeth. Petite berceuse qui se fracasse contre les murs. Je jette un œil vers elle, attend qu'elle réagisse. Absente, elle fixe l'écran où, « accablés », ils évoquent le rêve de la petite Virginie de devenir, un jour, vétérinaire. La sonnerie retentit à nouveau. Élisabeth ne bouge toujours pas. Deux minutes plus tard, l'insupportable mélodie résonne pour la troisième fois. Merde à la fin.

C'est le capitaine Bretan. Furax. Il a beau tout faire pour se prémunir des médias, ces salauds de journalistes s'abattent sur la charogne plus vite que des vautours. Il ne sait pas d'où vient la fuite, promet de régler son compte à l'enfoiré par qui ce bordel arrive. Il s'excuse d'être aussi cash. Il n'a pas fermé l'œil depuis la veille. Je m'agrippe à sa colère, me persuade qu'elle me parle d'une erreur magistrale. Parce que ces petites filles. Ce sang.

« Qu'est-ce que vous lui avez dit, à la fille de RJ TV, ce matin ? »

Un mot. Un seul. Ce n'est pas compliqué, bon sang.

« Thierry, j'ai besoin que vous soyez avec moi. Lui avez-vous parlé du cabanon ? »

Le cabanon où avec Guy on coupait du bois et on buvait des coups.

« Répondez-moi, Thierry. Lui en avez-vous parlé ?

– Non... »

Il respire, lâche un merci, me demande de tenir bon et de ne surtout pas filer la moindre info à ces enfoirés. Il a beau parler à toute vitesse, sa voix me fait du bien.

Je le lui dis d'ailleurs. « Votre voix me fait du bien ». Du coup, il y a comme un silence au bout du fil. Un silence où je m'enfonce et où je vois Jules, ma chienne, courant à perdre haleine à travers la forêt. Où est-elle d'ailleurs, Jules ? Et mon fils Marc ?

« Thierry, vous allez bien ? »

Là-bas, dans le salon, Élisabeth ne bouge toujours pas. Je me cramponne à elle. Il le faut bien, car tout s'effondre, le sol, même si je sais qu'il ne bouge pas.

« Hier... je voulais lui emprunter son échelle...

– L'échelle de qui, Thierry ? »

La vague s'abat sans pitié. Personne ne crie. C'est l'aube. Qu'est-ce que j'ai fait pour mériter cela ?

« De qui ? »

Sa voix. La vague.

« Guy.

– Que vouliez-vous faire ?

– Monter sur mon toit...

– Oui ?

– Et je n'y suis pas allé...

– Vous n'êtes pas allé où, Thierry ? Sur le toit ?

– Non, chez Guy. Je ne suis pas allé chez lui parce qu'il était très tôt et que je sais qu'il n'est pas d'humeur à cette heure-là.

– Thierry, qu'est-ce que vous essayez de me dire ?

– Je l'ai invité chez nous, j'ai mangé, j'ai bu avec lui... »

Il lâche un soupir.

« Thierry, j'ai besoin de faits précis. Jusqu'à présent, elle seule a parlé, vous comprenez ? »

Je revois le regard de Chantal devant la tombe de leur chienne, sa main jetant un peu de terre. Depuis combien de temps savait-elle ? Pourquoi n'a-t-elle rien dit ?

« Thierry, est-ce que l'un de vous deux tient un journal intime ou un agenda ?

– Élisabeth, un agenda dans lequel elle note ses rendez-vous.

– Parfait, et vous ?

– Moi, quelque chose comme un journal, oui.

– Depuis combien de temps ?

– Depuis que mon gamin est parti à la fac, mais bon... c'est juste que des pensées...

– Écoutez-moi, Thierry, vous allez, dès aujourd'hui, relire ces journaux... »

Sa voix se perd dans les ténèbres. Il évoque les dates des disparitions des gamines, des détails que j'aurais pu noter, qui pourraient nous revenir, à Lisa et à moi. Je voudrais lui parler de la vague, lui dire à nouveau quel bien cela me fait quand il prononce mon nom, comme si, à chaque fois, il me replantait dans la terre. Il ne m'en laisse pas le temps, raccroche après m'avoir prévenu de l'arrivée imminente de trois gendarmes supplémentaires pour empêcher toute intrusion de journalistes. Pendant de longues minutes, je reste debout, le téléphone en main. À quelques mètres, la télévision parle de l'état stationnaire de la petite Anne-Cécile, de ses parents à son chevet. J'imagine sa frayeur dans la forêt. Ses pauvres gestes pour se défendre. Puis Guy, avec lequel j'ai bu tant de coups et partagé de si chouettes moments. Guy, dans la nuit de vendredi, le bras dressé au-dessus de son petit corps tandis qu'au même moment, avec Élisabeth, on regardait une comédie à la télé. Et qu'on riait.

12

Quatre jours à ouvrir, à refermer la porte de ta chambre. Tu es parti si vite, fiston. Je pensais avoir le temps de te raconter les choses. Mes vacances chez mon grand-père, sa ferme sur les hauteurs du Mas-d'Artige, la couleur des lichens là-bas, les sources à chaque recoin et, au début de l'hiver, les arbres qui virent au mauve, un mauve feu qui fait éclater les verts des prés de fond, celui des mousses et des vieux houx. Alentour, c'était que de la forêt et, à l'horizon, le plateau de Millevaches avec sa tourbe et ses bruyères. Je ne sais pas pourquoi je t'écris cela. Peut-être parce que, là-bas, j'étais le plus heureux des gosses et que je regrette soudain de ne t'y avoir jamais emmené. Le premier été, j'avais cinq ans. Quand, très tôt le matin, mon grand-père partait mener ses vaches aux pâtures, c'était Jeanne, une vieille voisine, qui s'occupait de moi. Elle habitait un peu plus bas, dans le hameau, dans une maison qui donnait sur une mare où, les jours de chance, il m'arrivait de tomber sur une famille de ragondins. Quand cela arrivait, il fallait voir le père, la mère et leurs petits s'ébrouer au soleil, puis, tous ensemble, plonger pour retrouver la surface, l'air étonné. Là-bas, j'étais entièrement libre. Je me gavais de mûres sauvages, je longeais les torrents, j'escaladais les chênes foudroyés. Raymond ne me grondait jamais. Entre nous, il n'y avait pas besoin de mots. Mais peut-être qu'avec toi j'aurais dû plus parler. Je comptais bien le faire, et puis te voilà parti à Grenoble... Avec chinois en première langue, j'aurais dû me douter qu'aucune fac, dans le coin, ne propose une telle spécialité. J'étais persuadé que ça allait te passer. Et puis, non, bien sûr, et, ce soir, je me dis qu'il fallait vraiment être con pour imaginer que tu allais faire marche arrière. Aussi loin que je m'en souvienne, tu as toujours été attiré par le lointain. « Et après la forêt, y'a quoi, papa, et derrière l'océan *?» Ton absence, à présent, comme une gifle. Tu me manques, fiston. Tu me manques de tous ces mots que je ne t'ai pas dits et qui débordent depuis que tu es parti. Cet amour que j'ai du ciel et de la pluie, de toutes les pluies, du vent qui brûle les joues, c'est de ces jours passés chez Raymond que je le tiens. Un peu comme si j'étais né là-bas, alors que non, mais où est-ce qu'on naît vraiment ? Chez mes parents, j'étais un enfant qui vivait replié sur lui-même, jusqu'au jour où, à dix-huit ans, je me suis barré, comme toi. Là, c'en était fini de tout ce qui pesait, mais cela, c'est une autre histoire, Jules, en plus, aboie, ce doit être à cause des travaux de notre nouveau voisin. Un type bien, tu verras. Hier, en devinant ma tristesse, il m'a confié que sa femme n'avait jamais pu lui donner d'enfant. Qu'il en aurait rêvé, pourtant. Que cela aurait tout changé pour lui. C'est drôle, mais ses mots m'ont consolé...*

J'ai beau essayer de poursuivre ma lecture, mes yeux reviennent invariablement se poser devant la même petite phrase. *Un type bien, tu verras...*

J'ai écrit cela.

13

À LA TÉLÉVISION, ils ont diffusé deux vieilles photos de lui et de Chantal. Une fraction de seconde, je n'ai pu m'empêcher de les trouver beaux et me suis dit que j'aurais bien aimé les avoir connus à cette époque, puis tout m'est revenu. J'ai demandé à Élisabeth d'éteindre, elle a refusé. De me regarder alors. Seulement pour y voir quoi, sinon le même défilé de souvenirs qui, depuis ce matin, nous obsèdent et où, comme dans le pire des cauchemars, nous buvons, nous trinquons avec eux ? Elle n'a pas besoin de prononcer ces mots, ni de faire aucun geste pour me dire cela. Elle est dans ce salon comme une statue, ma Lisa. Une statue pétrifiée dans un sable jonché de ruines. Comment allons-nous faire pour nous sortir de là ? Ils ont bu dans nos verres. Ils ont chié, ils ont pissé chez nous. Eux, dont une journaliste révèle qu'ils se sont rencontrés, il y a dix ans, à Metz, dans un bar dont le propriétaire a demandé qu'on taise le nom par peur de perdre sa clientèle. Elle, à cette époque, déjà deux fois divorcée, lui, l'enfant de l'Assistance publique, jamais encore marié ; connu, toutefois, par les services de police depuis l'âge de quinze ans pour fugues, coups et blessures et vols. Une nouvelle fois, je demande à Élisabeth d'en finir avec ce flot d'informations, d'appeler ses sœurs plutôt. Elle se tourne vers moi. Les appeler pour leur dire quoi ? Toutes ces gamines... Comment Chantal a-t-elle pu laisser faire ça ? Et Guy, avec lequel elle a dansé.

« Dansé, tu te rends compte, Thierry ? »

Et qui, l'été dernier, l'avait si gentiment aidée à ranger la table du jardin dans le garage. Comment avoir envie de raconter cela ? Éteindre la télé, elle a bien essayé : par grappes entières, les souvenirs ont ressurgi. Chantal qui, systématiquement, trempait son sucre dans son café.

« À ton avis ? Après ? Pendant ? Avant les meurtres ? »

Et qui, à la piscine, adorait faire la planche au point « de vouloir rester à jamais ainsi ».

« Pourquoi ? Pourquoi, Thierry ? »

Guy, le jour de ses cinquante ans, qui lui avait offert un livre de recettes de pâtisseries en lui faisant promettre « de ne pas prendre un gramme » parce qu'il la trouvait « vraiment parfaite comme ça ». Guy encore qui ne supportait pas la vue d'une assiette sale, ce qui, chaque fois, la faisait rire.

« Rire. »

Et Chantal qui, en échange d'un tube d'arnica – pour soigner quels coups et sur qui ? –, lui avait expliqué que pour obtenir de belles fleurs il fallait, avant tout, saisir « combien chacune d'elles est vivante et ressent le moindre mal qu'on lui fait ».

Chaque bribe de souvenir est une lame qui s'enfonce un peu plus profondément. Alors, oui, les images et le bruit de la télé, tout plutôt que cet enfer. Je m'approche pour l'enlacer. Elle me repousse en invoquant mes mains qui, « elles aussi, les ont touchés ».

Si seulement, il y avait un autre survivant sur cette plage. Quelqu'un qui, comme nous, leur aurait ouvert sa porte. Mais, jusqu'à l'horizon, ce ne sont que des débris de corps et de maisons ; nous sommes les seuls à avoir vu la vague, les seuls à s'être écrasés, avec elle, sur le bitume, le monde.

À l'écran, un expert évoque la quasi-impossibilité pour les enquêteurs de remonter jusqu'au couple infernal qui, depuis plus de dix ans, « vivait sans amis, comme retranché du monde ». Puis, il en vient au « monstre ». À son silence depuis son arrestation. Un silence ponctué de sourires, comme pour faire perdurer l'effroi. À elle enfin qui, juste avant d'être internée en urgence, aurait promis aux enquêteurs de leur révéler l'emplacement de tous les corps.

« Élisabeth, éteins. »

Elle me jette un regard perdu, braque à nouveau ses yeux sur le poste. Je pars dans la cuisine, observe par la fenêtre l'étrange ballet des hommes à quatre pattes sur la pelouse. L'un d'eux semble s'intéresser de près à la parcelle de terrain où, avec Guy, nous avions enterré Nelly, sa chienne. Est-il tombé sur des ossements ? Si c'est le cas, il faut que j'aille lui dire qu'ils ne sont pas humains. Je vais pour ouvrir la porte, m'arrête en plein élan. Et si, en plus de sa chienne, Guy avait décidé de... Je me revois, cette fameuse nuit, bêchant à ses côtés. Sur le coup, je m'étais étonné qu'il ne choisisse pas le bout de terrain à l'arrière de leur maison, bien plus tranquille et tellement plus ombragé. Était-ce parce qu'il y avait déjà d'autres corps là-bas ? Je fixe les herbes dans la lumière du jour, pense au capitaine Bretan assis en face de Guy, à Marc dans le bordel de son appartement d'Hanoï, à Élisabeth dans le salon, au sourire frénétique de la journaliste de ce matin, à la reprise du boulot demain. Pourquoi m'as-tu choisi, Guy ? Et pourquoi avoir attendu trois jours avant de te décider à tuer la petite Anne-Cécile ? Trois jours. Ils ont dit cela. Pourquoi, Guy ? Pour mieux jouir d'elle ? Mais alors où ? Où, Guy ? Et toutes les autres, qui me hantent à présent ?

14

Il me fallait prendre l'air. J'ai dit cela à Élisabeth en espérant qu'elle m'accompagne. Elle a simplement hoché la tête et répondu « d'accord » avec une insoutenable résignation. Un bref instant, j'ai eu envie de l'entraîner de force. J'ai traversé le salon quand, sur l'écran, j'ai vu défiler de nouvelles photos de Guy et de Chantal en train de danser dans une salle des fêtes. Est-ce la joie sur leur visage qui m'a arrêté net ? Élisabeth avait le dos tourné. Je voyais ses larmes pourtant. Des larmes qui ruisselaient et qui me bouleversaient.

En sortant de la maison, j'ai marché à grands pas vers la forêt, l'œil fixe. Je ne saurais dire quand précisément la colère a surgi. Après les premiers bois, peut-être, lorsque en me retournant, il me fut impossible de deviner leur maison parmi les branchages. C'est sans doute à cet instant, oui, à l'écart de toute information et dans ce foisonnement de feuilles, qu'elle a brusquement fait surface. Sans plus aucun contrôle, je me suis mis à gueuler ton nom, Guy. Toi, le salaud qui m'avait menti de bout en bout et sur lequel je me suis mis à balancer tout ce sur quoi je tombais, caillasses, branchages, glands, écorces, et que je voulais buter soudain. Moi, « ton pote » ! Alors que je t'avais donné toute ma confiance. Ah ça, qu'est-ce que ça avait dû te faire marrer, de tomber sur un pareil idiot. Et maintenant, Élisabeth, comme fracassée dans le salon. Élisabeth qui accourait au moindre bobo de Chantal et, chaque fois qu'elle concoctait un dessert, filait t'en apporter une part, à toi, Guy, qui les aimais tellement, ses desserts, et qui la rendais si fière avec tes compliments. Enculé ! Comme si cela n'était pas assez de dézinguer des fillettes ! Non, il fallait, en plus, que tu te paies la tête du mec le plus con que t'aies jamais rencontré. Que tu le prennes à témoin. Que tu le manipules en en faisant ton complice ! « Tu pourrais pas me prêter ta scie ? J'aurais besoin de ton marteau. » Pour quoi faire, Guy ? Pour les tuer ? Et moi, si heureux de te rendre service ! Tandis que tu les violais les unes après les autres et que tu les enterrais, mais où ? Où, espèce d'enfoiré ? Quand je pense que je m'inquiétais pour toi chaque fois que je te voyais partir la nuit avec ta fourgonnette, espérant que les choses s'arrangent avec Chantal. Chantal, de plus en plus éteinte chaque jour. Ah ça, oui, on peut dire que tu t'es bien amusé. À croire même que c'est en voyant ma tête de bon zigue que tu as décidé de l'acheter, ta baraque. Avec un imbécile pareil, adieu tous les soupçons, c'était du tout cuit. Et quel plaisir cela a dû être de me tapoter l'épaule juste après en avoir tué une ! Chantal, pendant ce temps-là, qui crevait à petit feu. Et toi, si emmerdé, si peiné de son état. De quoi l'as-tu menacée pour qu'elle se taise, de quelles atrocités, parce que, sinon, pourquoi ce plongeon, Chantal ? Pourquoi ses cernes noirs, sa tête de zombie ? Et moi qui ne voyais rien, qui ne pigeais rien, pendant que tu jubilais chaque jour davantage, si cela se trouve, en ce moment même face à Bretan, qui doit se demander ce qu'il veut dire, ce semblant de rire au bord de tes lèvres – des remords ? de la peur ? – alors que t'es juste en train de te bidonner en essayant d'imaginer ma tronche, quand j'ai enfin appris. Ma tronche d'épouvanté qui, là, dans cette forêt,

Où tant de fois, ensemble
Tant de fois.

Je cours comme un dératé, je gueule, je tape contre les troncs. Rien. Aucun apaisement. Pire. Une nausée qui me terrasse comme si, depuis le début, tu l'avais voulu, ce chaos, tu l'avais planifié, parce que cela ne se peut pas, un mec juste bienveillant. Cela ne doit pas ! Cette rage qui me redresse au moment où je te revois offrir des bonbons aux nièces d'Élisabeth. À quelles saloperies est-ce que tu pensais quand elles tendaient vers toi leurs petites mains ? À quels actes sordides pendant que Lisa et moi, depuis notre perron, on te remerciait d'un signe, en trouvant cela si triste que t'aies jamais pu avoir de gamins. Si triste, bon Dieu ! Élisabeth si douce. Comment tu as pu ? Comment tu as osé ? Et toutes ces pauvres gosses... Avec quelles armes ? Quels outils ? Quand ? Quels jours exactement ? Il faut que je rentre, que j'appelle Bretan. Que je te démolisse, Guy, que je t'oblige à tout dire. Demi-tour. Je cours à présent. Je cours vers notre maison en écartant les ronces et les taillis. Garder ce nœud de fer en moi. Traverser le jardin sans prêter attention à votre linge qui pend. Débouler dans l'entrée avec mes grolles pleines de terre. Surgir dans le salon, foncer sur la télé, l'éteindre devant Élisabeth qui me regarde, effarée. Mais c'est chez nous, ici. Je prononce ces mots avec des larmes dans la bouche.

« Chez nous ! »

Elle baisse les yeux et quelque chose me dit que ce serait le bon moment de la prendre dans mes bras, seulement la colère l'emporte, je dois appeler Bretan.

« Putain, mais il est où, ce téléphone ! »

Je vais la brûler, ta baraque, Guy. Le cabanon avec, et tes affaires. Comme si le con que j'étais allait rester à ne rien faire alors que t'es tranquille, là-bas, et que tu ris !

« Il rit, t'entends, Élisabeth ? Et ça, depuis le premier jour, et même quand il les violait, quand il les fracassait, qu'il les bouffait, tes tartes ! »

Elle tente de me barrer le passage. Trop tard. À l'autre bout du fil, Bretan peine à me suivre.

« Je ne comprends pas, Thierry. Vous voulez que je vous passe qui ?

– Guy, je veux lui parler.

– C'est impossible.

– Putain mais puisque je vous dis que je veux lui parler !

– Thierry...

– Il n'y a pas de Thierry, il n'y a rien, rien, vous entendez ! »

Non, je n'ai pas bu, et non, il ne va pas raccrocher, il ne va pas le faire parce que moi seul sais comment le faire parler, moi seul, parfaitement, c'est d'ailleurs la raison pour laquelle je l'appelle, l'idée m'est venue à l'instant, j'ai été lent à la trouver, je le lui accorde, mais comment ne pas être chaviré par ce bordel, lui-même, dans la voiture, peu après s'être rendu avec ses hommes au cabanon, me parlant de la beauté de la forêt, puis, sans aucune espèce de logique, me demandant si j'avais des enfants, un seul, j'avais répondu, depuis un an dans un appartement au Vietnam, et lui, comme s'il avait trouvé ma réponse parfaitement normale, tirant, l'air de rien, sur sa clope alors qu'il savait tout ! De quoi me mettre la rage, non ? Est-ce que je le menace pour autant ? Ma femme, à présent, comme pétrifiée dans le salon devant ces putains d'images qui passent et qui repassent en boucle, personne ne devrait voir cela, personne, et encore moins les gosses.

« Quels gosses, Thierry ? »

Mais les siens, à lui, Bretan, ceux qu'il emmène en forêt, a-t-il, au moins, pris le temps de les appeler pour leur dire de ne pas regarder, de ne pas voir ! De telles saloperies, cela vous retire toute vie à l'intérieur, il aurait vu le sourire de la journaliste de ce matin, pour sûr, elle y a passé sa vie, comment ça, où ? Mais devant ! Devant ce dégueulis de monstruosités. Notre pauvre chienne morte avec ça, à se demander pourquoi le patron de mon fils s'est mis en tête d'appeler son chien pareil, et maintenant cette armada de types en blanc dans leur jardin, comment je vais faire, moi, demain, à l'usine, parce qu'il n'y a pas d'arrêt maladie pour ça, ah ça, pour sûr, il nous a bien eus, le fumier, pourquoi aussi a-t-il fallu que ce soit Nelly et pas lui qui se fasse buter, hein, pourquoi, Bretan ? Mais c'est fini, dites-le-lui bien, j'ai pris ma décision : s'il ne parle pas, ni vous, ni personne ne m'empêchera de faire ce que je vais faire, on a beau être des gens simples, Élisabeth et moi, on a beau faire partie de ces cons-là, cela ne m'empêchera pas de la déterrer, sa chienne.

« Quelle chienne, Thierry ?

– Dites-le-lui bien, s'il ne raconte pas tout, je la tronçonne jusqu'à la faire hurler, sa Nelly, parce que même les morts on peut les faire hurler, les morts, quand on s'acharne sur eux, dites-le-lui bien, Bretan, si dans une heure il n'ouvre pas sa grande gueule, s'il ne balance pas tout, je la déterre et je la découpe en morceaux. »

15

Bretan m'a formellement interdit de mettre ma menace à exécution. Si je savais où l'on retrouvait parfois des traces d'ADN. Moi qui me passionnais pour les petites bestioles, je devais être en mesure de comprendre cela. De l'autre côté de cette rubalise, chaque millimètre de terre recelait, possiblement, une information capitale. Il était donc hors de question que je m'amuse à trifouiller ce terrain.

« Imaginez que vous détruisiez des preuves, je dis quoi aux parents ? »

Des parents qui, plus que jamais, pour faire leur deuil, ont besoin de savoir où se trouve le corps de leur gamine et d'apprendre si, avant d'être violée, elle a été frappée, torturée. Guy, il en faisait son affaire. Plus de quarante de ses hommes écumaient les alentours et quinze enquêteurs lui avaient été octroyés pour interroger ceux qui, de près ou de loin, avaient approché le couple. Je devais dormir à présent, le laisser faire son boulot, à moins qu'en relisant mon journal il ne me vienne une illumination, alors, là, oui, il était preneur. Guy n'avait sans doute pas tout raconté à Chantal. Il existait peut-être d'autres victimes. Pour toutes celles-là, chaque détail comptait. Je devais donc cesser de ressasser, apprécier plutôt la chance de m'en être sorti vivant. Certes, ni moi ni Élisabeth n'avions rien vu, mais qui, face à un tel pervers ? Il allait raccrocher maintenant. Pour lui, dans moins d'une heure, ce seraient les hurlements d'une mère, d'un père, voire leur silence. Pire que celui de Guy, celui-là. Avec la vie par-dessus. Le rire de ses enfants. L'envie de sa femme de se faire belle. Y avait-il une explication à cet enchevêtrement de souffle et d'horreur ? Il se jurait, un jour, d'y réfléchir. Dans l'immédiat, il manquait de temps et sans doute en manquerait-il jusqu'à la fin. Voilà. Il m'avait tout dit, cela lui avait fait du bien. Demain, il me faudrait reprendre le boulot et, avec ma femme, passer à autre chose. Vivre en quelque sorte. C'était son conseil. Sans oublier les détails, bien sûr. Des fois qu'il nous en reviendrait...

Je retrouve Élisabeth, en larmes, dans le salon. Si, ce jour-là, elle n'avait pas franchi les vingt mètres qui séparent nos deux maisons, si elle ne les avait pas invités à prendre l'apéro, sans parler des gâteaux, des gâteaux et des corps dans la forêt, des cris aussi, des bouts de bras et de jambes enterrés quelque part, elle en est sûre. Je la supplie de retrouver son calme. Elle me défie du regard. Ce besoin que j'ai de toujours la protéger ! Je ne suis peut-être pas au courant, mais tous ont vu les images à la télé. Moi, jetant la journaliste dehors, elle, sur le perron, livide, incapable de bouger. Elle me brandit son téléphone sous le nez.

« Trente-sept messages ! Trente-sept, Thierry ! »

Sa mère, ses sœurs, Laslo, le maire, la plupart de ses patients et même des gens qu'elle ne connaît pas. Alors, non, elle ne souhaite pas retrouver son calme et, vu l'ampleur du désastre, elle n'ira pas bosser demain. Je ferais bien d'ailleurs de l'imiter. Seulement, bien sûr, je n'en ferai qu'à ma tête. Je m'énerve à mon tour. Moi, c'est dix-sept messages qui s'affichent sur mon téléphone et qu'est-ce que cela change ?

« Je ne peux pas laisser Guy sortir gagnant de cette histoire, Lisa. Alors, oui, demain, je partirai au boulot, et s'il te plaît, fais comme moi. »

Elle me considère longuement, puis elle me tourne le dos en murmurant que Delphine, sa sœur aînée, viendra lui tenir compagnie. Il faudrait courir. Tout rattraper. L'amour du premier regard. L'odeur de la première étreinte. Courir sans peur et à fond les ballons comme lorsqu'on est gosse. La serrer dans mes bras. La faire valser par-dessus la tristesse. Jusqu'à lui redonner ce rose aux joues qui la rend si craquante. Rejoindre l'audace qui ne parle d'aucun passé, d'aucun futur, mais de la seule fulgurance des fleurs. Courir sans plus penser à rien. Écraser la distance entre son dos et mon visage. Oublier la frontière de nos corps, l'impuissance où son désarroi me jette. Courir à corps perdu avec la légèreté de la jeunesse. Se détacher de toute racine, de toute histoire, la sienne, la mienne et celle de tous les autres. Rompre avec les contours. Et l'embrasser. Pourquoi alors est-ce que je ne le fais pas ? Comme si, plus je vivais à son côté, plus l'impossibilité de la rejoindre grandissait.

Alors que je l'aime tant.

Allongé sur le lit, j'écoute mes messages. Deux pour être exact. Le premier, d'un certain Gauthier avec lequel j'ai bossé il y a plus de dix ans et « qui n'en revient pas de ce qui m'arrive », le second de la pharmacienne du village « qui se demande depuis combien de temps cette salope de Chantal savait ». Les autres, je les efface sans prendre la peine de les entendre. Je me glisse sous les draps et j'éteins la lumière quand, soudain, je me redresse. Les gendarmes ont-ils pensé à libérer les insectes que Guy gardait dans son garage ? Sans eau ni nourriture, ils courent à une mort certaine. Impossible de rappeler Bretan. Il le prendrait très mal. Comment osais-je penser à ces bestioles alors que des gamines avaient été tuées ? Je me tourne et me retourne dans le lit. Guy était-il descendu les délivrer au moment de l'assaut ? Il éprouvait une telle passion pour elles. Oui, au moment où les hommes du GIGN s'engouffraient chez lui, je le voyais bien abandonner Chantal pour aller les sauver. C'était son genre, Guy. Et là-dessus, rien à dire. Dans la même circonstance, aurais-je eu ce courage ? Pour elles, il était capable de tout. C'était une des choses que j'aimais le plus chez lui. Cet amour sans limite pour les toutes petites bêtes.

16

Quatre heures du matin. Je laisse derrière moi le visage endormi d'Élisabeth, avale d'un trait mon café dans la cuisine. Partir d'ici aussi vite que possible, en finir avec cette puanteur. Une fois dehors, un des gendarmes en poste me propose de m'aider à ouvrir mon garage. Je le remercie et lui réponds que non, cela ira. Puis, je démarre. Léger tout à coup. Enfin, je quitte le territoire hostile. Je peux redevenir celui que j'ai toujours été, allumer la radio, rêver au dessin incroyable des cheveux d'Élisabeth sur l'oreiller, contempler à perte de vue la beauté du ciel. C'est compter sans les vautours. Ombres féroces, démultipliées par la lumière des phares, qui, au bout de l'allée, se ruent sur moi, braquant leurs caméras et leurs micros.

« S'il vous plaît, Thierry, un mot pour Real TV sur votre amitié avec Guy Delric !

–Thierry, pour Radio Jeunes, est-il vrai que vous avez aidé Delric à enterrer sa chienne ? »

Ils cognent sur les vitres, encerclent la voiture.

« Thierry, un petit mot pour les parents, un seul, s'il vous plaît ! »

Je braque d'un coup sec, appuie à fond sur l'accélérateur. Surpris, ils s'écartent. Tandis que, dans un crissement de pneus, j'atteins la départementale, je les entends me courser en gueulant mon nom. Puis le silence, enfin. Le ciel, la route et bientôt la forêt avec ses murailles d'arbres d'où peut surgir une bête à tout instant ; le mois dernier, un sanglier qui m'a obligé à piler. Pendant dix bonnes secondes, nous nous sommes regardés, lui, au milieu de la chaussée, moi, dans la voiture, les genoux encore tremblants. Mais là, non. Aucun œil pour me pourrir ou me juger. Seul le bitume à pleine vitesse. La nuit comme un manteau.

Enfant, sous les couvertures, c'était dans une obscurité semblable que je trouvais refuge. Là-bas, c'était un peu comme sur cette route où tout semble avoir été englouti : ma femme, les flics, Jules, Marc, nos deux maisons, leurs fleurs, la meute des journalistes, leurs rires quand on jouait aux cartes.

Entrée de l'usine Force Injection Plastique. Je tape le code. L'énorme grille coulisse devant moi. J'attends qu'elle se stabilise, m'engage, puis la laisse lentement se refermer derrière mon dos. Voilà, c'est fait. Et quel soulagement de me savoir protégé du dehors. Ici, pas d'intrusion possible. Je viens garer ma voiture parmi celles, peu nombreuses, des gars de l'équipe de nuit qui sont sur le point de terminer leur service. À cette heure, ils sont les seuls sur le site.

Sur le parking, la lune brille. Je tape un deuxième code, pénètre dans le hall d'entrée du personnel qui donne accès aux vestiaires, jette un coup d'œil à mon portable. J'ai quatre minutes pour enfiler mes chaussures de sécurité et mon bleu de travail, prendre mes gants, mon casque, ainsi que le téléphone d'usine dont je ne dois plus me séparer. Je fourre mon manteau et mes baskets dans mon casier, le ferme à double tour. 4 h 30. Je me dirige vers la pointeuse, y passe mon badge. Ici, tous apprécient mon sens de l'exactitude. Mon sérieux aussi. Sitôt franchies ces portes, je n'ai plus qu'une chose en tête : l'état de marche des seize presses à injecter de quarante à six cent dix tonnes.

Tête baissée, je file à l'étage en espérant ne croiser personne. J'ai besoin de quelques minutes avant d'aller saluer les opérateurs. Une bonne partie d'entre eux m'auront très certainement reconnu à la télé. Certains m'ont peut-être même laissé un message. Personne en vue. Je respire. Je pénètre dans mon bureau, lis, parmi mes mails, le compte rendu de l'équipe de la veille. R.A.S. et c'est bien dommage. Pour une fois, un lundi, je me serais bien vu gérer une situation d'urgence. Impossible, dès lors, d'être assailli de questions. Je regarde où nous en sommes avec les filtres, les niveaux d'huile, contrôle les vidanges à effectuer. Dorian arrive à cinq heures. Il me reste quinze minutes pour aller prendre la température auprès des opérateurs, m'assurer que tout s'est bien passé pour eux, cette nuit. Je n'ai pas fait deux pas que mon téléphone se met à sonner. C'est Romain, le chef d'équipe. Les éjecteurs d'une des presses ne répondent plus. Ils ont été obligés d'arrêter la production.

« Tu arrives au pas de course et tu te démerdes pour me faire repartir cette bécane au plus vite. Si je les livre pas à ces connards, leurs dix mille bouchons, avant 14 heures, ils annulent ! »

Avec Romain, inutile d'essayer de calmer le jeu ou alors perdre un temps considérable. Dans mon domaine, j'ai pourtant eu affaire à pas mal de névrosés. Romain bat tous les records. Dès les premiers jours, face à une telle démesure, j'avais décidé de faire profil bas et c'est sans doute ce qui m'a valu mon CDI chez Force Plastique. Depuis, mon calme n'avait pas eu le moindre effet sur son caractère, mais au moins, contrairement à tous les autres qui avaient claqué la porte, j'avais tenu et j'étais resté.

« Putain, mais tu fais quoi, là ?

– J'arrive. Je vais chercher ma servante d'atelier. »

Elle est si lourde. Je peine à accélérer le pas. Il faudra très sérieusement que je pense à la motoriser. Sous l'œil excédé de Romain, j'atteins enfin la presse à dépanner.

« On t'a jamais appris à courir ?! Tu vas en avoir pour combien de temps ?

– Il faut déjà que je fasse le diagnostic.

– Non mais il faut que je le dise en quelle langue ? Si on ne tient pas nos objectifs, on se fait tous virer !

– Je fais au plus vite, Romain. »

Il s'en va en fulminant. Je m'approche de Marek, qui n'en mène pas large.

« Les éjecteurs, j'y suis pour rien.

– T'inquiète. Vas-y maintenant, je vais regarder ça.

– Tu lui diras ?

– Oui et magne-toi ou il va se remettre à gueuler. »

Trop tard. Romain fonce droit sur nous.

« Toi, Marek, tu dégages, t'as assez foutu la merde comme ça, et toi, Thierry, tu arrêtes de rien branler parce que je ne sais pas si tu réalises dans ta tête de pois chiche, mais si on perd cette commande, c'est carrément la merde ! T'as compris, là ?

– J'ai compris. Tu peux t'éloigner maintenant, parce qu'il va falloir que je regarde ce qui se passe. Ah, et tu peux demander à Dorian de me rejoindre, s'il te plaît ? »

Je le vois s'éloigner en invectivant tous ceux qu'il croise. Qu'il gueule. Encore plus fort même. Sous ses tornades d'injures, Guy me sort entièrement de la tête. Le sang aussi, le sang des fillettes, le vide dans le regard d'Élisabeth, l'effroi qui, depuis, ne me lâche plus. Je dois maintenant me consacrer à la machine. Ne faire qu'un avec elle. Quand, très jeune, je sentais ma mère sur le point de pleurer ou quand, le regard fixe, elle ne répondait plus à mes questions, je m'évertuais à trouver quelque chose à réparer. N'importe quoi pourvu que je sois absorbé au point de ne plus entendre le bruit lancinant de sa bague venant cogner, des heures durant, la table du salon, celui du clic de l'interrupteur qu'elle allumait et éteignait sans fin.

Je vois Dorian arriver au pas de course. Est-il au courant pour moi ? Je ne lui laisse pas le temps de me poser la moindre question.

« Fonce me chercher le schéma de câblage du système pneumatique. Pendant ce temps, je sécurise la zone. »

Il part en courant et je m'attelle à la tâche en évitant de croiser les regards qui pourraient s'attarder sur moi. Seul. Je suis seul au monde. Sur la surface du globe, il n'y a pas de survivants, sinon Lisa qui dort là-bas. Lisa dont je voudrais sentir la peau chaude et humide. Le souffle aussi. La régularité du souffle.

« Thierry !?

– Non mais ça va pas la tête ! Qu'est-ce qui te prend à gueuler comme ça ? »

Dorian, essoufflé, me regarde, gêné.

« Ben... c'est que... ça fait trois fois que je t'appelle et que tu réponds pas, alors, je...

– Comment ça, trois fois ? »

Il rougit violemment et je comprends qu'il dit la vérité.

« T'as trouvé le schéma ?

– Oui, tiens.

– Parfait, tu files maintenant aux vestiaires demander à ceux de l'équipe de nuit s'ils ont quelque chose à signaler. En attendant, je commence à jeter un œil à la presse. »

Il ne bouge pas, reste à me regarder sans rien répondre.

« T'es sourd ou quoi ?

– Non mais c'est juste que... le tueur... enfin, je veux dire... ton voisin... c'est pour de vrai que tu le connais ? »

À se demander qui, dans l'usine, n'a pas regardé cette putain de télé ce week-end. Il a fait beau pourtant.

« Dorian, ce n'est pas le moment !!

– Oui, excuse, mais c'est tellement... »

Tellement quoi ? Ouf, il a pigé, il se tire. Depuis la mort d'Abdane, je supporte si mal d'avoir quelqu'un à mon côté. Cela fait des années pourtant. Rien à faire, il me manque trop. Je m'approche du pupitre de contrôle, mets le sélecteur en mode « manuel ». Je commande l'ouverture du moule, vérifie que le voyant « moule ouvert » s'allume. R.A.S. de ce côté-là. J'appuie alors sur le bouton « éjection » et là, rien. Je pars vérifier, au cul de la bécane, si les tuyaux d'air comprimé qui alimentent les vérins des éjecteurs ne sont pas gênés ou pincés. S'ils étaient sectionnés ou percés, je le saurais. À huit bars de pression, ils feraient un raffut du diable. Mais rien de ce côté-là. Je me relève pour aller vérifier le circuit basse tension quand un grondement me fait sursauter. Je tourne la tête pour éviter de justesse un transpale qui me fonce dessus. Non mais c'est quoi, ce bordel ! Je regarde autour de moi, réalise, halluciné, que j'ai oublié de sécuriser un pan entier de ma zone d'intervention. Dorian, qui a tout vu, accourt.

« J'ai bien cru qu'il t'avait percuté ! »

Trente-deux années de maintenance. La plus grossière erreur de ma carrière.

« T'es sûr que ça va aller, Thierry ? »

Je n'ai plus aucune force tout à coup.

« Bouge pas, je termine de poser la rubalise et on fait le boulot ensemble. »

Qu'est-ce qui m'arrive et pourquoi Guy m'a fait ça ? Je suis un type bien. Ni moi ni Élisabeth, on ne méritait ça.

« ... Et sinon, t'as trouvé ? »

Quand je pense que j'ai failli le virer la semaine dernière. Là, franchement, avec son sourire, il me sauve.

« Pas encore, non.

– T'as regardé du côté des tuyaux ? »

Cette façon qu'ils ont de parler comme s'ils étaient déjà patrons. C'est sans doute ce qui m'énerve le plus chez les gamins d'aujourd'hui. Mais, ce matin, je lui pardonne tout.

« J'ai regardé, oui. Passe-moi le schéma et ferme la vanne d'alimentation d'air. Il va falloir tester le circuit 24 volts. N'oublie pas de poser le cadenas.

– OK !

– Quand t'as fini, tu me fais signe et tu restes devant l'automate. Moi, j'ouvre le distributeur pneumatique. »

Il acquiesce d'un mouvement de la tête, finit par lever le pouce. Je commence à démonter le capot de protection de la première bobine qui commande la sortie des éjecteurs, place mon voltmètre sur ses contacts.

« OK, tu mets sur éjecter.

– C'est fait. »

L'aiguille du voltmètre monte à 24. Je teste la deuxième bobine. Idem.

« Ça donne quoi ?

– C'est pas les bobines, c'est le distributeur. »

Coup de chance, il s'agit d'un modèle standard. Tandis que Dorian part en chercher un au stock, je rassure Romain. D'ici une bonne demi-heure, tout sera rentré dans l'ordre. Il me remercie du bout des lèvres, commence à me parler de Joël, une fois de plus, en retard.

« Merde, moi aussi, j'ai divorcé ! »

C'est bien la première fois que je l'entends me confier un truc perso. Il enchaîne sans me laisser le temps de réagir.

« Bon, pour ton voisin... t'en fais pas trop, tu sais... »

Je le regarde, stupéfait.

« J'arrête pas de lire des romans policier et ces types-là, crois-moi, personne les perce à jour. Allez, je t'ai rien dit, fais repartir cette bécane maintenant. »

17

10 H 30 DU MATIN. Jusqu'ici, je n'ai pas arrêté de courir pour éviter la confrontation, mais, là, c'est l'heure de la pause, je n'ai plus le choix. En chemin vers la salle de repos, je regarde mon téléphone d'usine en espérant qu'il sonne.

Dorian, en retrait, m'observe sans dire un mot. Depuis qu'il bosse avec moi, je ne l'ai jamais plus aimé qu'aujourd'hui.

Plus que deux petits mètres à franchir et le bombardement du réel. Je pousse la porte. J'entre. Et comme prévu, ils sont tous là, pupilles avides. Pourquoi, bon Dieu, est-ce que je continue d'avancer ? Il y a Julie, Stefan, Rodrigue, Pablo, Delphine, Franck, Bob, Farid, Clément, Saïda, Geneviève, Marc, Momo, Yanis, Pietr, Gilbert et même Romain, mais lui me tourne le dos, et j'aimerais presque l'embrasser pour cela. Au-dessus d'eux, la télé grand écran est branchée sur la chaîne LCI où défilent, silencieuses, des images d'hommes, de femmes et d'enfants surchargés de sacs et de valises qui traversent une rivière au milieu de la jungle. Des réfugiés dont la détresse, ce matin, m'atteint en pleine poitrine, comme si, dans cette petite salle propre, face à eux tous, mes collègues – *mes ogres,* c'est le mot qui me vient –, j'étais l'un d'eux, face caméra. Qui parle le premier ? Delphine peut-être. Après, tout va très vite. L'explosion des questions. Le déluge des questions. Non, je n'ai rien vu. Je leur jure. Certains me tapotent l'épaule en murmurant, gênés, qu'ils compatissent, d'autres se demandent comment j'ai pu être aveugle à ce point, alors qu'ici...

« Ici, quoi ?

– Tu vois tout, Thierry. Le moindre pet.

– Ici, putain, c'est des machines ! »

Quitter mon bleu. Démarrer ma voiture. Filer droit sur la route qui s'enfonce dans la forêt. Au lieu de cela, je les regarde sans bouger. À peine un mètre nous sépare et pourtant la distance entre nous est immense, comme si, à l'instar des réfugiés, je n'étais plus qu'une actualité à leurs yeux.

« Eh les gars, visez un peu, ils ont retrouvé un corps ! »

Tous lèvent la tête vers l'écran. Momo augmente le son. Un journaliste qui ne tient plus en place crie dans un micro qu'un corps, en effet, a été retrouvé. Images volées de leur jardin. La caméra tangue, le monde tangue. Trou à l'arrière de leur maison. Des hommes en blanc penchés devant. Ils tirent quelque chose... « Un corps, oui ! C'est un corps ! » s'exclame, électrisé, le journaliste sur lequel on revient. Il réajuste son oreillette. Il fixe la caméra. Il prend une mine grave.

« Notre collègue n'a malheureusement pas pu filmer davantage. Vous comprendrez, toutefois, notre émotion à tous. Sans aucun doute, il s'agit d'une des victimes de Guy Delric et nous imaginons l'état dans lequel doivent se trouver, à l'instant même, les parents et les proches de... »

Ce trou... Je n'écoute plus, je ne vois plus. J'avais trouvé étrange que Guy en creuse un à cet endroit. Pour quelle raison ? Il avait haussé les épaules et souri.

« Pour mon tout-à-l'égoût.

– Ben merde ! Ils te l'ont pas installé devant ?

– Tu sais bien comme ces connards sont prêts à tout pour t'emmerder ! »

À l'écran, le journaliste en redemande et, à nouveau, les mêmes images défilent, accompagnées, cette fois-ci, de ses commentaires, là, sur la taille du corps, là sur l'identité possible de la victime, là, sur le goût du « monstre » et de sa femme pour les fleurs et les plantes vertes. Dans la petite salle, ils sont tellement saisis qu'ils m'ont oublié. J'en profite pour m'éclipser. J'ai besoin de respirer un grand coup.

Dehors, sur le parking, le soleil resplendit. Je me suis assis par terre, contre la roue de ma voiture. Dans mon dos, le chant d'un merle. Sept messages sur mon portable. Mais c'est Élisabeth que je veux entendre. Le timbre de sa voix. Je compose son numéro, laisse son téléphone sonner dans le vide. Aurait-elle décidé d'aller travailler ? Je tente une seconde fois. Même défilé de sonneries. Dans le fond, cela me rassure. Elle est d'un tempérament si énergique. 10 h 50. Plus que dix minutes avant la reprise du boulot. Je prends une large inspiration, compose le numéro de ma messagerie. Bretan me demande si moi ou Élisabeth avons trouvé quelque chose dans nos carnets. La pharmacienne, elle, ne s'en remet toujours pas d'avoir vendu des antidépresseurs à cette « salope ». Quatre journalistes me supplient de les laisser m'interviewer. Mon frère enfin. Qui a vu. Qui aimerait savoir comment je vais. Qui me dit que cela fait longtemps.

Le reste de la journée passe vite. Trop vite. À l'usine, tous ont compris que je préférais éviter le sujet, j'ai un semblant de paix. Je ne suis pas dupe pour autant. Tout ce sang. L'affaire est trop belle. Dès demain, ils reviendront à la charge. Vautours, eux aussi. Nous tous.

18

Je les aperçois, depuis la départementale, filles et garçons de tout âge massés au bord de la route, leurs voitures garées n'importe comment sur le bas-côté. Pas moyen de les éviter. Certains, d'ailleurs, courent déjà en ma direction.

« Thierry, baissez la vitre, un mot pour Zapping Télé !

– Thierry ! Qu'est-ce que vous aimiez le plus chez lui ?

– Pour Actu Radio, a-t-il jamais été violent avec vous ?

– Sa femme, Chantal, comment la trouviez-vous ? »

Dans la voiture, j'ai froid soudain, comme lorsque ma mère restait des heures prostrée dans le salon. Deux sont en train d'essayer de forcer ma porte.

« Thierry ! »

Cette violence sourde qui monte en moi. Pourquoi m'as-tu souri, Guy, quand je t'ai demandé pour le trou ? Chantal t'a-t-elle aidé à y traîner ta victime ? Quel jour l'y as-tu enterrée ? As-tu attendu que nous soyons absents ou as-tu trouvé cela encore plus excitant de le faire sous notre nez ?

« Thierry, vous avez forcément vu quelque chose ! »

Rester fixé sur mon seul objectif : rejoindre la maison. Notre maison. Seulement, impossible de faire un mètre de plus. Ils font mur. Corps. Barrage. Ne pas céder à la panique. Regarder mes mains. La beauté de mes mains sur le plastique noir du volant. Les hydromètres dansent-ils encore à la surface de l'Aune ? Je ferme les yeux, j'appuie de toutes mes forces sur le klaxon. L'un d'entre eux finira-t-il par éprouver de la pitié ? Après un temps qui me semble infiniment long, deux gendarmes surgissent enfin. En un rien de temps, ils les dégagent et le silence, d'un coup, revient. J'ai presque envie d'éclater de rire, de pleurer peut-être. Un des gendarmes s'approche et me fait signe de baisser ma vitre.

« Le mieux serait que vous nous préveniez à l'avance de vos allées et venues. Tenez, voici mon numéro. »

Sonné, je saisis le papier qu'il me tend.

« Vous êtes sûr que ça va aller ? »

Je voudrais lui demander s'il a vu le trou et s'il sait de quelle victime il s'agit, s'il a libéré les insectes de Guy, s'il est déjà parti au Vietnam, s'il trouve cela normal que mon fils soit parti y travailler.

« Monsieur ?

– Ma chienne s'appelait Jules. Elle est morte il y a deux semaines. »

Il me regarde, embarrassé, propose que son collègue m'accompagne jusqu'au bout de l'allée. Je décline poliment. Il détache alors la rubalise et me fait signe d'y aller. En passant devant lui, je pense, malgré moi, à la porte des Enfers. En contrebas, dans leur jardin, ils sont maintenant plus de dix entièrement vêtus de blanc. Dix qui me regardent descendre lentement l'allée. Et comme je voudrais, à cet instant, qu'ils soient des anges venus me consoler... Tiens, la voiture d'Élisabeth. Elle n'est donc pas partie ? Je gravis les marches à la volée. Sentir son corps. La serrer contre moi. Lui dire que je l'aime. Que je vais nous sortir de là.

La télé éclaire son visage dans le salon. Elle ne s'est pas habillée, elle a gardé sa robe de chambre. Elle ne s'est pas coiffée. Ses cheveux partent en bataille. Je m'approche un peu plus. Elle ne se retourne pas.

« Lisa ? »

Elle ne bouge pas.

« Lisa, c'est moi.

– Le drap, tu l'as reconnu ? »

Elle a parlé sans quitter des yeux la télé.

« Quel drap ?

– Celui qu'on a retrouvé autour du corps. »

Elle ne me laisse pas le temps de comprendre. D'une voix blanche, le regard toujours rivé à l'écran, elle poursuit.

« Chantal m'avait dit qu'elle l'avait perdu... On s'était presque engueulées à cause de ça... »

Les grosses fleurs jaunes, comment ai-je pu ne pas le reconnaître ? Elle se tourne enfin vers moi, me fixe, perdue.

« La petite, il l'a sans doute violée dessus...

– Lisa, non, arrête. »

Un sanglot la secoue.

« Sur notre drap ! »

Je la prends dans mes bras. Elle essaie de se dégager, je l'en empêche.

« Tout doux, là. »

Elle ne se débat plus.

« Ta sœur n'est pas venue ? »

Elle secoue la tête, murmure un magma de phrases à peine audibles où je crois comprendre que la petite est malade. Jamais je ne l'ai vue comme ça.

« Tu ne veux pas te laver ? Cela te ferait du bien. »

Mais tout résiste en elle. Je lui parle de jeudi dernier, quand, après le dîner, elle m'a demandé de l'aider à couper les pommes en rondelles pour son gâteau, de notre balade sous les étoiles.

« C'était il y a trois jours, et tout allait bien. »

Ce rire qui la traverse.

« Tout allait bien ? »

Ne pas céder aux remous furieux qui m'aspirent vers le bas. Effacer le trou, le drap, la masse, la pioche, le cabanon, et toutes tes saloperies, Guy. Seulement, elle continue de rire en me dévisageant presque avec méchanceté. Je la regarde, pris de court.

« Ben oui... tout allait bien, qu'est-ce que...

– Notre fils s'en va, notre chienne meurt et tout va bien !

– Lisa...

– La vérité, c'est que, moi, depuis le début, j'en voulais pas, de cette maison ! »

Je la regarde, éberlué.

« Mais enfin, qu'est-ce que... »

Elle m'interrompt, hors d'elle.

« Oui, je sais, tu vas me parler du chien, me dire que j'étais d'accord, mais non, j'étais pas d'accord, j'étais juste épuisée ! Parce que tu revenais sans cesse à la charge, parce que tu n'entendais pas ! Et regarde maintenant ! Regarde ce qui arrive ! »

Elle hoquette, de grosses larmes roulent sur ses joues.

« Bretan, il m'a appelée... Il voulait savoir si j'avais relu mes agendas... »

Un nouveau flot de larmes.

« Je ne peux pas, Thierry, je n'y arrive pas.

– Et Marc ? »

Ses yeux reviennent enfin vers moi.

« Quoi, Marc ? »

D'un vert si éclatant.

« Tu l'as prévenu ?

– Non.

– Je t'aime, Lisa. »

Elle se met à nouveau à pleurer.

« Pourquoi tu es parti ce matin ?

– Il faut qu'on continue, Lisa. »

Elle me fixe sans rien répondre, tourne lentement la tête vers la télé où ça parle de la fonte accélérée des glaciers. Je lui caresse la joue.

« Et si tu allais peindre ? »

Elle lève sur moi des yeux pleins de tristesse.

« Peindre, c'est toi qui me dis ça ?

– Cela te fait du bien, non ? »

Elle hoche la tête, affligée, murmure qu'elle a besoin d'être seule. Je la regarde s'asseoir dans le canapé, se pétrifier à nouveau en fixant l'écran. Je ne trouve pas la force de lui dire d'arrêter. Je devrais pourtant. Il m'est tellement insupportable de la voir souffrir. Elle est mon seul trésor sur terre. Je suis prêt à prendre toute sa douleur sur moi.

Toute sa douleur
pourvu qu'elle soit épargnée.

Pourquoi alors refuse-t-elle de me la confier ? Est-ce seulement à cause de toi, Guy ?

19

Dans la cuisine, j'avale un reste de pâtes en évitant de jeter un œil par la fenêtre. Il va falloir acheter des rideaux. Opacifier aussi les vitres de nos voitures. Je lave mon assiette, tourne en rond sans savoir quoi faire. D'habitude, après le boulot, c'est moi qui m'affale devant la télé. N'y tenant plus, je lui apporte de la salade et des tartines.

« Allez, fais un effort, t'es la première à le dire à tes patients : c'est pas bien de se laisser aller comme cela. »

Rien, elle ne bouge pas. Je pose l'assiette devant elle sur la table basse.

« Écoute, ni moi ni toi, on ne pourra les faire revenir, ces gamines. »

Je la vois tressaillir, les yeux toujours rivés sur l'écran.

« Allez, mange. »

Elle secoue la tête, obtuse. Je m'agenouille auprès d'elle, lui caresse tendrement la main.

« Tu te fais du mal, Lisa. »

Elle se tourne enfin vers moi, les yeux embués de larmes.

« Laisse-moi, s'il te plaît. »

Sous leur cloche de verre, mes deux mantes, mon sitaris et mes coccinelles s'affairent, parfaitement indifférents à l'agitation du dehors. En sortant du salon, je suis descendu les voir. « Laisse-moi, s'il te plaît. » Je me mords le poing, bouleversé, tandis que l'une des coccinelles tente l'ascension d'une tige. Elle grimpe, elle grimpe... et qu'importe si la tige penche. Elle s'agrippe, tenace. Que va-t-elle chercher là-haut ? Cet instant, peut-être, où la tige, écrasée de tout son poids, s'incline enfin. Cela ne dure qu'une fraction de seconde. Emportée par l'élan, la coccinelle s'accroche dans la descente et, juste avant d'atteindre le sol, s'envole. Aussitôt, la tige reprend sa verticale. Au-dessus d'elle, la coccinelle vole, joyeuse.

« C'est une vie courte, mais une si belle vie, hein ? »

Allongé à mes côtés, dans les hautes herbes, Guy acquiesçait d'un beau sourire. Nous étions partis à l'aube et cela faisait déjà plusieurs heures que nous nous tenions immobiles, à plat ventre, à observer la vie qui fourmillait. Parfois, on se passait une loupe pour voir au plus près un papillon dérouler sa trompe, un frelon ou une abeille sauvage butiner une fleur. Parfois, nous guettions, avec délice, les stridulations émises par nombre d'entre eux, certains en faisant vibrer leurs ailes, d'autres en frictionnant leurs petites pattes, d'autres encore en frottant leur abdomen contre le sol. Sur son carnet, Guy les croquait tandis que j'essayais d'en attraper pour mieux les observer avant de les relâcher. Quand cela arrivait, Guy s'approchait et avec quelle délicatesse, alors, il les manipulait, il les caressait.

Plus tard, nous nous étions amusés à surprendre une épeire porte-croix au milieu de sa toile en contrefaisant les vibrations d'une mouche à l'aide d'un diapason. Le fou rire qui nous avait pris face à son étonnement. Tout nous extasiait : les reflets métalliques pourpres, bleus ou dorés des carabes, les larves sans yeux ni pattes des syrphes, l'aptitude des altises qui, grâce à la longueur de leurs pattes postérieures, parviennent à se déplacer en sautant, l'appétit redoutable des chenilles. Mais ce dont nous aimions plus que tout être les témoins, c'étaient des moments de copulation, de construction d'habitat, de nidification, de prédation. Sur ce dernier chapitre, Guy était intarissable et me revient son excitation lorsque nous vîmes, ce même jour, un sphex foncer sur un grillon deux fois plus gros que lui, le renverser sur le dos par force ruades, lui enfoncer son dard, là, sous le cou, là en arrière du prothorax, là, à la naissance de l'abdomen.

« Tu sais quoi, Thierry, même le plus habile des criminels n'est pas capable d'une telle précision ! »

Je l'avais regardé, incrédule. Il avait enchaîné, plein d'admiration.

« Il t'a peut-être donné l'impression de frapper au hasard. Détrompe-toi. À chaque coup, il a visé un des trois centres nerveux du grillon et, à chaque fois, il a tapé juste. Tu imagines un peu l'intelligence. Parce qu'il n'est même pas mort. Juste paralysé !

– T'es sûr ?

– Vise les pulsations de son abdomen. »

Je regardai plus attentivement l'insecte. En effet, il respirait encore !

« Mais pourquoi il ne l'a pas tué ?

– Pour le donner à manger à ses larves.

– Vivant ?!

– Vivant, oui, afin qu'elles puissent se nourrir de chair fraîche durant les quinze jours qui précèdent le moment où elles s'enfermeront dans leur cocon.

– Merde, c'est horrible.

– Non, Thierry, c'est juste génial ! »

J'avais détourné la tête, mal à l'aise, et nous avions changé de sujet. Face à cette excitation morbide, un autre que moi aurait-il cherché à en savoir plus ? En même temps, Guy était loin d'être le seul à aimer les systèmes de prédation. Moi, non. J'avais en aversion toute forme de violence, ce qui le fascinait.

« La chance que tu as, Thierry. Tu es si pur. »

Je souriais, gêné, rétorquais qu'il l'était tout autant que moi, ce qui le faisait bien rire... Mais il ne faut plus que je pense à lui. Élisabeth anéantie dans le salon et moi, face à cette brusque remontée de souvenirs, à deux doigts de me mettre à hurler. Remonter les marches. Trouver mon téléphone. Appeler mon frère que je n'ai pas vu depuis deux ans et dont je n'ai même pas reconnu la voix dans son message. Mon frère de dix ans mon aîné, qui, d'un coup, était parti sans crier gare, laissant ma mère encore plus hébétée de douleur. Moi, l'enfant de huit ans, incapable de lui réinsuffler la joie de vivre. Errant dans l'appartement vide. Avec l'envie de l'étreindre jusqu'à ce que sorte d'elle un son, ou plutôt un rire, l'envie de l'obliger à s'enfuir le plus loin possible de cet endroit, mais surtout d'eux, mon père et mon frère. Eux, qu'elle ne cessait d'attendre, oubliant jusqu'à ma présence. L'œil rivé à la fenêtre. Comme s'il était possible qu'ils reviennent par là. Depuis le ciel. Comme si, dans sa tête, ils étaient devenus des oiseaux. Alors que non, je le savais très bien. Parce que les oiseaux ne font pas la guerre ni n'abandonnent leur nid. Ni ne pleurent une semaine d'affilée, comme, parfois, cela lui arrivait, au point de me laisser penser qu'un jour nous finirions tous les deux par nous noyer dans ses larmes.

Je remonte et c'est toujours le même silence avec le bruit de la télé en fond. Un bruit qui parle de la surconsommation de sel liée, en grande partie, à la prolifération des plats industriels. Dans la cuisine, l'horloge d'Hanoï affiche 17 h 30. J'ouvre l'ordinateur et essaie, une fois de plus, de joindre Marc, qui s'obstine à ne pas répondre. Le fait-il exprès ? À son âge, j'avais coupé les ponts depuis un bon bout de temps avec mon père. Je lui en voulais tellement d'avoir laissé maman si seule. Mais Marc, lui ?

« Papa, papa, on a gagné ! On a gagné ! »

Il venait d'avoir neuf ans, il revenait du foot, le corps maculé de boue. Si fier. Et avec Jules, en train d'essayer de la chevaucher malgré ses jappements de protestation. Que reste-t-il de tout cela aujourd'hui ?

Malgré moi, je jette un œil à la fenêtre. Le fil à linge a disparu et il ne reste plus qu'une dizaine de fleurs en état. Quand je pense à toutes les heures qu'y a consacrées

Chantal. Un craquement me fait sursauter. C'est Élisabeth, la mine défaite, dans l'encadrement de la porte.

« Le corps dans notre drap, c'était celui de la petite Violine. Elle avait quinze ans, elle était en seconde et rêvait de travailler dans la haute couture... »

Chaque mot lui coûte. J'essaie de l'interrompre. Elle me fait signe qu'elle a besoin d'aller jusqu'au bout.

« C'est celle qui a disparu le 23 avril dernier. Il y a deux mois, Thierry. Deux mois ! Elle revenait de la soirée d'anniversaire de sa meilleure amie et d'après les déclarations de Chantal...

– Lisa, s'il te plaît...

– Tais-toi, c'est assez difficile comme ça... »

Mais je ne veux rien entendre de ces horreurs. Seulement, elle s'acharne comme s'il me fallait impérativement connaître chaque détail.

« Guy l'aurait violée dans leur chambre, puis il l'aurait tuée en lui fracassant la tête avec une chaise. Et juste avant de l'enterrer, il lui a enfoncé sa culotte dans la bouche...

– Ça suffit, Lisa ! »

Elle ne me regarde plus. Elle ne m'écoute plus. Et j'imagine la scène : la chaise portée très haut, l'épouvante de la gamine. Aussitôt, ma colère ressurgit. Mais que faire d'elle ? De ce rugissement qui, s'il sort, anéantira tout ? Quand je reprends souffle, Élisabeth a disparu. Je pars chercher mon journal dans notre chambre. Le lire, voilà ce que je vais faire. Mais uniquement les pages qui coïncident avec les dates des disparitions. Il a raison, Bretan. Le moindre indice peut servir et si je peux aider à dégommer ce fils de pute ! Je tourne les feuilles à la volée. Le 18 juin 2017, soit le lendemain de la disparition de la petite Selima : *Cette nuit, j'ai mal dormi. Des cris de bête m'ont réveillé. J'ai ouvert les fenêtres en essayant de voir d'où ils provenaient. La lune était cachée. Je n'y voyais rien. J'ai demandé s'il y avait quelqu'un.*

« T'inquiète, c'est Nelly qui s'est blessée à la patte et qui, comme une conne, a filé.

– Rien de grave au moins ?

– Non, rien, Thierry. Désolé pour le dérangement. »

Guy se servait-il de sa chienne pour surveiller ses victimes ? Y aurait-il eu une bagarre, cette nuit-là, entre elle et la gamine ? Et si Nelly avait pris peur en voyant son maître s'attaquer à cette gosse ? Si elle avait cherché à s'interposer ? Le lendemain, je m'en souviens, elle portait une attelle et boitait dans le jardin.

« Ben alors, qu'est-ce qui lui est arrivé ?

– Faut toujours qu'elle n'en fasse qu'à sa tête. Elle dû se manger une caillasse en coursant un lièvre ou je ne sais quoi. En sang quand elle est revenue !

– Tu devrais peut-être l'emmener chez le véto.

– J'attends deux jours. Si elle boite encore, j'y vais. »

Ni une, ni deux, je saisis mon téléphone et donne l'info à Bretan en me gardant bien de lui parler de l'histoire du drap. Je ne voudrais pas qu'il se mette à nous soupçonner...

« Merci, Thierry.

– Et sinon ?

– Sinon, quoi ?

– Vous avez trouvé d'autres corps dans leur jardin ?

– Je vous l'ai déjà dit, je n'ai pas le droit de vous délivrer la moindre information.

– Vous croyez que je les vois pas, les trous que vous faites dans leur jardin ?

– Thierry, s'il vous plaît, un peu de patience...

– De la patience ? Vous savez ce que cela me coûte, de le relire, ce journal ? Vos sbires, en attendant, même pas capables de me protéger de ces dingues quand je sors de chez moi !

– Cela va s'arranger.

– Ah oui ? Vous en êtes sûr ? C'est que vous n'avez pas vu la tête de ma femme, alors. Un zombie ! Combien de temps il va durer, ce cauchemar ?

– Thierry...

– Merde, elle est assise depuis ce matin devant la télé. Même pas lavée, coiffée, habillée ! Et là-haut, les rapaces qui attendent. Les trous maintenant, partout les trous !

– Thierry, je ne vais pas pouvoir rester plus longtemps en ligne. Je dors deux heures par nuit, j'ai encore une masse de boulot. Allez consulter tous les deux. Avec ce qui vous tombe dessus, vous en avez grandement besoin, et vu ce que vous me dites sur votre femme, c'est urgent. Je vous fais envoyer les coordonnées d'un spécialiste des chocs post-traumatiques. »

Il raccroche et le silence revient. Quand est-ce que tout ceci va finir ? Plus les jours passent, plus la nuit prend de l'ampleur. Y a-t-il seulement une fin à ce genre d'histoire ?

20

D'EMBLÉE, la franchise du regard de l'homme qui nous fait face me rassure, ce je ne sais quoi aussi, dans sa posture, de stable, d'arrimé. Avec la même perspicacité d'un Bretan, mais avec beaucoup plus de douceur, il nous scrute longuement avant de reprendre la parole.

« Si je comprends bien, madame n'a accepté de me voir qu'à la condition que vous l'accompagniez. »

Je confirme d'un mouvement de la tête. Il se tourne vers moi.

« Mais vous, monsieur, que pensez-vous de cette démarche ? Vous êtes d'accord pour y participer ?

– Y participer, c'est-à-dire ?

– Eh bien parler de ce qui vous arrive. Parce que là... »

Sur sa chaise, Élisabeth se raidit.

« Il veut ton accord, c'est pas compliqué, non ? »

Cette agressivité en elle. Va-t-il, au moins, pouvoir faire cesser cela ?

« Monsieur ?

– Ben, je ne sais pas. Moi, ma façon de m'en sortir, c'est de continuer, coûte que coûte, d'avoir une vie normale, me lever, m'habiller, partir bosser, quoi... Pas d'aller voir un psy... Seulement Lisa, elle... »

Elle m'interrompt à nouveau.

« Lisa, elle va mal. Et n'importe qui, vu ce qui arrive... »

Elle regarde le psy, se met soudain à sangloter bruyamment.

« Tout glisse sur lui ! Je ne peux plus porter pour deux, moi ! Je ne veux plus ! »

Le psy lui tend un Kleenex. Elle essuie ses larmes, se mouche. Je la regarde, stupéfait.

« Tout glisse ? »

Elle secoue la tête, rageuse.

« Oh, je sais ce que tu penses. Tu es si gentil, tu es si attentionné. Seulement tu n'es pas là, Thierry ! »

Est-ce encore ma Lisa qui parle ? Je vais pour répondre, elle se tourne vers le psy, le visage ruisselant de larmes.

« Je vous jure, il n'est pas là ! »

Mon sang ne fait qu'un tour.

« Non mais c'est quoi, ce procès d'intention ? C'est tout de même pas moi qui les ai tuées ces gamines ! Et puis d'où tu sors que je ne suis pas là ? »

Elle me regarde enfin... Comme je voudrais la prendre dans mes bras, trouver les mots pour la faire rire, seulement, à nouveau, cette rage que je ne lui connais pas.

« Quand Marc est parti. Silence radio. Alors que moi, j'arrêtais pas de pleurer. Et quand Jules est morte, pareil.

– Mais c'est pas...

– Avec le petit, les journées étaient bien remplies, et puis le boulot a remplacé les temps morts. La peinture aussi. Mais là, avec ce qui arrive, c'est juste plus possible.

– Qu'est-ce qui n'est plus possible ? »

Cette bienveillance dans sa voix. Et moi, là-dedans ? Comme si c'était normal, ce qu'elle venait de balancer. Comme si c'était la vérité ? Mais ni lui ni Élisabeth ne semblent plus me voir. Il répète sa question en plongeant ses yeux dans les siens.

« Qu'est-ce qui n'est plus possible, Élisabeth ? »

Elle se tortille sur sa chaise, essuie maladroitement un nouveau flot de larmes, fixe pendant quelques secondes le tableau accroché au mur, derrière lui. Nous nous aimons si fort, pourquoi ne le lui dit-elle pas ?

« À la piscine, il y a deux ans, avec Chantal... On était assises sur le rebord à regarder les gamins s'amuser. Tout à coup, elle m'a pris le bras et m'a dit qu'elle avait quelque chose de très grave à me confier. »

À nouveau, je la regarde, médusé. Jamais elle ne m'a parlé de cette histoire. Elle reprend, tête baissée.

« Seulement, à cet instant, un petit garçon d'à peine trois ans est tombé à l'eau devant nous. J'ai immédiatement plongé, bien sûr. Pas elle. Et quand je suis revenue m'asseoir à son côté, elle a esquivé en me disant qu'elle n'avait plus envie d'en parler, qu'à bien y réfléchir ce n'était pas si grave... »

Un grand silence. Élisabeth est tellement mal, elle suffoque.

« S'il n'y avait pas eu ce môme, j'aurais peut-être pu... Je... »

N'y tenant plus, j'approche ma main de son visage.

« Lisa... »

Mais, une fois de plus, elle me repousse. Si, au moins, elle me laissait faire. Elle n'aurait plus besoin de la télé. Et pas plus de cet homme. Nous serions tous les deux, main dans la main, en train de marcher, là-bas. Et à force, avec un peu de volonté, le monde redeviendrait limpide.

Il lui tend à nouveau sa boîte de Kleenex.

« Élisabeth, vous avez bien fait de sauver cet enfant. Imaginez qu'il soit mort ? Rien ne vous dit, en plus, que Chantal allait tout vous révéler à cet instant. »

Un silence. Il reprend, toujours avec la même douceur.

« Vous pleurez beaucoup ?

– Sans arrêt.

– Alors, peut-être qu'il serait bon de se faire aider, dans un premier temps, par des médicaments. Votre corps est usé par ce torrent d'informations. Il en résulte que vous êtes à bout de nerfs. Ce n'est bon pour personne. »

Elle le regarde, perdue.

« Des médicaments ?

– Des antidépresseurs, oui. D'habitude, je suis plutôt contre, mais, étant donné votre état, je vous conseillerais de vous en faire prescrire par un psychiatre. Bien sûr, vous pouvez poursuivre ce travail avec moi. Il ne pourra, toutefois, s'avérer efficace qu'à partir du moment où vous vous sentirez plus maîtresse de vous. Là, l'émotion est trop forte pour que nous nous y attaquions... »

Je ne suis donc pas fou. Lisa est bel et bien en état de choc. Tout ce qu'elle dit la dépasse.

« Tenez, voici les noms de quelques personnes que je vous recommande. Vous allez les appeler, n'est-ce pas ? »

Elle murmure un « oui » à peine audible. Il lui adresse un beau sourire.

« Ne vous inquiétez pas, vous allez vous en sortir... »

Telle une gamine prise en faute, elle hoche timidement la tête.

« Et maintenant, je vais vous demander de me laisser seul quelques instants avec votre mari. »

Elle me jette un regard étonné. Je le suis tout autant qu'elle.

« Ce ne sera pas long. »

Elle se lève, fragile. Comme je voudrais l'aider à porter son sac, à enfiler sa veste. Elle disparaît. Je le regarde, tendu.

« Soyez tranquille. Je veux simplement m'assurer que tout va bien pour vous.

– Je... J'imaginais pas que Lisa allait réagir comme cela. D'habitude, elle est si forte.

– Pour vous aussi, elle est forte ? »

Sa question me prend au dépourvu.

« Heu... Oui. Elle est forte pour tout le monde, Lisa.

– Et vous ?

– Moi, comme je vous l'ai dit, c'est au jour le jour.

– Comment cela se passe au boulot ?

– Je fais comme je peux.

– Et avec les autres ?

– Vous savez, moi, les autres...

– Oui ?

– Je préfère pas trop me mêler.

– Mais avec Guy, vous étiez proches, non ? »

Bretan lui aurait-il demandé de me sonder plus avant ? Son regard est si tranquille en même temps.

« Écoutez, je ne veux pas vous torturer, mais juste essayer de comprendre comment vous traversez tout ceci. Vous arrive-t-il de pleurer par exemple ?

– Non, mais je ne pleure jamais.

– Jamais ? Même lorsque vous étiez enfant ?

– Si, mais c'était il y a très longtemps...

– Mais alors, quand un tel drame survient, comment vous encaissez ? »

Merde, est-ce que je lui demande comment il fait, lui, quand tout part en vrille ?!

« Vous avez le droit de ne pas me répondre. »

Parfait. Il a compris. Je vais pouvoir me lever, lui demander combien je lui dois et ce sera fini. Seulement, quelque chose le tracasse. Je le sens à la manière qu'il a de me fixer.

« Une dernière chose...

– Oui ?

– Tout à l'heure, quand votre femme a dit que tout glissait sur vous, que vous n'étiez pas là... »

Je coupe court.

« Vous avez bien vu qu'elle n'était pas dans son état normal.

– Vous n'êtes donc pas d'accord ? »

Et moi qui pensais qu'il avait compris !

« Je ne sais même pas pourquoi elle a dit ça. Comme si cela ne me faisait rien, toute cette histoire. N'importe qui serait dans tous ses états, non ? »

Il n'acquiesce même pas, poursuit, très concentré.

« Peut-être voulait-elle dire par là que vous montrez peu vos émotions, que vous les gardez pour vous, à l'intérieur... »

Répondre aussi vite que possible.

« À l'intérieur, oui, on pourrait dire les choses comme ça. »

Il plonge alors ses yeux dans les miens. Des yeux d'un noir profond, à la fois rieurs comme l'étaient ceux d'Abdane, et tristes et lumineux.

« Cela vous ennuie-t-il qu'on poursuive ? »

Qu'est-ce qui me prend de répondre « non », alors que tout de moi veut s'en aller ? Est-ce la façon qu'il a de s'adresser à moi ? La chaleur du timbre de sa voix ? La quiétude qui émane de son corps ? Ici, la vague ne s'abat pas. Elle roule sur elle-même, se brise très doucement.

« Ces derniers jours, que s'est-il passé à l'intérieur de vous ? »

Ce noir à nouveau dans ses yeux. Un noir où tout devient léger, distant. Presque comme celui du dessous de mes couvertures.

« Comment cela s'est passé en moi ?

– Oui. »

Je voudrais, tout à coup, lui parler de la vague, de la rubalise dans le vent (clac !) et de la pioche, des hommes en blanc (si blancs !), des anges presque, à quatre pattes là même où on jouait aux cartes ensemble, et puis des trous de plus en plus nombreux, de la mouche sur la table juste avant que...

« Thierry ? »

Je remonte lentement à la surface. Je croise son sourire.

« Je peux vous appeler par votre prénom ? »

Je lui fais signe que oui.

« Laissez-moi vous aider. Des rêves, par exemple... »

Cela oui, je peux lui raconter sans qu'il me prenne pour un fou. Parce que la vague, même Élisabeth ne veut rien en entendre, et pareil pour Bretan. Elle s'est dressée pour de vrai pourtant. Emportant tout.

« Vous voudriez bien me raconter le dernier que vous avez fait ?

– Le dernier ?

– Oui, votre dernier rêve, Thierry.

– Je veux bien, mais celui-là est long et puis il n'a pas grand-chose à voir avec ce qui s'est passé.

– Je vous écoute.

– C'est un rêve sur Henri VIII. Dans mon rêve, il est très jeune et le trône vient de lui être volé par un usurpateur. Au début du rêve, il se tient devant la façade de Notre-Dame. Sur cette façade, il n'y a que deux entrées possibles, une grande et une petite, ne me demandez pas pourquoi, c'est comme cela que le rêve me la présente, et lui, Henri VIII, pousse la petite porte derrière laquelle se trouve une taverne. L'usurpateur l'a, en effet, défié. S'il parvient à vaincre les clients de ce tripot, alors il est prêt à lui céder sa place et il pourra être sacré roi. À peine y met-il les pieds que les clients, aussitôt, l'attaquent. Henri VIII envoie valdinguer les deux premiers assaillants, puis il fait une sorte de culbute pour esquiver le troisième quand, d'un geste ferme, il arrête les suivants. Il s'empare alors d'une grappe de raisins, porte la tige à la bouche et, tel un souffleur de verre, il se met à souffler dedans tout en l'approchant d'une lampe. À l'admiration de tous, les grains grossissent et s'illuminent. Le jeune Henri profite de ce moment de calme pour avancer parmi eux. Au passage, il caresse la joue d'une femme extrêmement pauvre qui tient son bébé serré contre elle. Puis il se met à danser de façon très souple, très habile. Dans la taverne, tous sont, à nouveau, subjugués. Pendant ce temps, une femme prie devant un autel de la Vierge. En la découvrant, tous pensent, émus, au geste qu'a eu Henri VIII envers la pauvre mère. Puis, le décor change. Je me retrouve sur la scène d'un théâtre vide. Sur le mur du fond, un film passe : celui d'un train bondé qui file à pleine vitesse. À l'intérieur, je vois des gens entassés, comprimés. Je me retrouve à nouveau dans la taverne. Henri VIII a fini de danser. Sur l'ordre de l'usurpateur, tous se jettent sur lui. On l'allonge sur une table, on lui écarte les bras, on lui attache les poignets pour lui couper la tête. Tout est éclairé aux bougies. Mais juste avant que le bourreau l'achève, l'usurpateur, aveuglé par son prochain triomphe, veut se montrer magnanime en demandant si quelqu'un dans la salle souhaite la grâce du condamné. Un pouce alors se lève, puis un autre, et bientôt tous ! L'usurpateur est effondré. Henri VIII est gracié. »

Face à moi, le psy laisse flotter un long silence avant de me sonder à nouveau.

« Vous êtes absolument sûr qu'il s'agissait de Henri VIII ?

– Oui, j'en suis le premier étonné, parce que moi, vous savez, l'histoire... »

Un nouveau silence.

« Et comment c'était pour vous d'apprendre qu'il s'en sortait ?

– Ben, j'étais heureux pour lui, bien sûr. »

Il continue de me fixer.

« Connaissez-vous la vie de ce roi ?

– Pas vraiment, non, ou alors j'ai oublié.

– Il est surtout connu pour avoir fait exécuter certaines de ses épouses. La légende populaire aime même à dire qu'il les a toutes assassinées, ce qui n'est pas la vérité. Mais c'est ce que tout le monde croit. »

Blanc.

« Un roi sanguinaire en quelque sorte... »

Sous son bureau, mes genoux se mettent à trembler. Il reprend de sa voix douce.

« Thierry, vous avez le droit de le dire. »

Je lui jette un regard perdu. Dire quoi ?

« Quelque part, au fond de vous, vous aimeriez que Guy soit gracié, n'est-ce pas ? »

Uppercut dans le ventre.

« Thierry... ? »

Quelque chose comme une digue qui éclate. Et puis ces mots. Ces simples mots qui remontent sans, pour autant, parvenir à sortir. Ces mots chargés de mille larmes et qui prennent toute la place. *Je suis si seul, s'il vous plaît, faites qu'il redevienne mon ami.*

21

Ce n'est qu'une fois la porte de la maison refermée qu'Élisabeth ouvre enfin la bouche pour me dire qu'elle ne dort plus. Qu'elle est désolée. Qu'elle ne sait plus où elle en est. Que je n'y peux rien. Qu'elle va, oui, appeler un de ces psychiatres, lui demander de lui prescrire des médicaments. Qu'elle préfère néanmoins être suivie par une femme. Non que ce psy lui ait déplu. À vrai dire, elle ne sait pas. Dans sa tête, tout est si embrouillé. Elle n'a plus goût à rien. Là, par exemple, elle doit faire un effort considérable pour ne pas se remettre à pleurer devant moi. Elle n'arrête pas de penser à cette conversation avortée avec Chantal. À ce gosse tombé à l'eau. Pourquoi à ce moment précis ? À toutes les fleurs. À celles de notre drap. À la haine de Guy au moment où il a roulé cette pauvre gosse dedans. À la haine des journalistes et de certains anonymes qui, dans les messages qu'ils laissent, ne se privent plus de la couvrir d'insultes. Parfois, elle aimerait retrouver Jules. Sentir le poids de la terre l'écraser. Tous ces cris dans sa tête. Elle ne peut plus faire un pas sans les entendre. Il a raison, ce psy, elle doit prendre des antidépresseurs le plus rapidement possible. Elle ne parvient même pas à appeler ses sœurs à l'aide. Elle a peur de leur regard sur elle. Elle se demande comment je fais pour tenir. Certains moments, elle m'en veut de cette force. À d'autres, elle se dit que c'est une chance, elle s'accroche à moi comme à une bouée. Seulement, une bouée paumée en plein océan. Une bouée qui ne sert à rien en somme. Elle se lève, elle se couche, elle se demande pourquoi elle est encore vivante. Dans le fond, elle aurait trouvé cela plus simple que Guy la tue et me tue moi aussi. Elle n'aurait pas eu à se frotter à tout ce mal. Voilà, le mot est dit. Elle ne pensait pas y être aussi intimement mêlée un jour. Elle a, pourtant, pris fait et cause pour nombre de choses atroces commises dans le monde. Elle en a même parfois fait des cauchemars. Pareil pour ses patients. Mais, là, c'est différent.

« C'est collé. »

Elle répète ce mot, les yeux dans le vide, avec ce même débit. Un débit quasi dément.

« Collé. »

Elle penche la tête et je crois que c'est pour ôter le bouton de sa veste. Mais non. Elle reste, comme ça. La tête penchée. Le regard rivé au sol. Et je n'ose pas un geste parce qu'elle m'a demandé de ne pas la toucher. Puis, à nouveau, le déluge des mots. Le sang des fillettes qu'elle voit partout. Et quand ce n'est pas leur sang, ce sont leurs yeux épouvantés. Des yeux grands comme son corps. Son corps qui n'a pas vu. Qui n'a pas entendu. Son corps qui a couvert. Voilà, le deuxième mot est lâché. Qui a couvert l'horreur comme la voix des présentateurs couvrent les images de massacres à la télé, ou encore à la radio, les cris des petits vieux qui hurlent dans leur chambre. Et elle qui croyait être dans l'empathie. Qui le pensait vraiment. Même l'air qu'elle inspire la dégoûte. Elle n'arrive plus à manger, à se regarder dans la glace. Voilà, dit-elle. Une fois de plus, je voudrais trouver les mots pour la consoler. Mais je suis si désorienté depuis cet échange avec le psy.

« Je suis désolée, Thierry. »

Laminé, je la vois gravir les marches et disparaître dans notre chambre.

Au boulot, je reste le plus distant possible. Malgré cela, pas un jour ne se passe sans que l'un d'entre eux, l'air mortifié, m'aborde dans les vestiaires, en salle des machines, sur le parking : « Franchement, j'aimerais pas être à ta place. Ça doit être vraiment dur. » Plus ça va, plus cela m'insupporte, comme si, à l'intérieur, j'attendais tout autre chose, le début d'une réponse peut-être, mais qui, là, jour après jour, se dilue dans leur pitié. Trouver une issue donc. N'importe laquelle. Celle qui me ramènera Élisabeth et notre vie. Toute notre vie. Sans quoi, je finirai par crever dans ce margouillis de charité malodorante.

À quelques mètres, Dorian m'observe, dubitatif. Avec moi, ces derniers temps, il économise chaque mot, et comme je lui en sais gré. Je n'ai qu'à tendre la main, il me passe le bon outil. Les jours s'écoulent tandis que, à la maison, Élisabeth, bourrée de médocs, dort. Sur le chemin du retour, je prie intérieurement de la retrouver en meilleure forme et que les choses s'arrangent. Mais ce sont toujours plus de trous au bout de l'allée. Plus d'hommes en combinaison blanche. Plus de journalistes, plus de télés aussi. Comme s'il ne restait plus qu'elles pour éclairer le monde.

Un matin, toutefois, je trouve Lisa tout habillée dans la cuisine. Mon cœur, aussitôt, s'envole. Ça y est, elle va mieux, les médicaments ont produit leur effet. Je lui adresse mon plus beau sourire. Elle détourne légèrement les yeux.

« Je m'en vais. »

Ce doux espoir en moi.

« Tu reprends le boulot ?

– Non, Thierry. Je quitte la maison. »

Je la regarde, bouche bée.

« J'ai tout organisé avec ma sœur. Je pars vivre chez elle. »

Mon cœur s'arrête de battre.

« Vivre ?

– J'ai besoin d'être loin de tout cela, Thierry. »

Je ne peux plus bouger.

« Mais... et moi ?

– Si tu veux, tu peux venir me voir de temps en temps. »

Elle me fait une blague, ce n'est pas possible. Jamais elle n'est partie.

« Combien de temps ?

– Je ne sais pas. »

Mes yeux, mon corps s'écarquillent.

« Non, tu peux pas me laisser comme ça.

– Thierry, je vais crever si je reste. »

Elle fait volte-face. Je la suis du regard. Éperdu. Elle saisit sa valise. Elle sort. Depuis le seuil, je l'entends démarrer. Je regarde les cimes. Je les supplie de la faire revenir. Sa voiture s'engage dans l'allée et disparaît. Alors, je ne sais pas ce qui me prend. Je m'agenouille et je me mets à hurler. Dans le jardin d'à côté, tous suspendent leurs gestes.

Tous
Dans le jardin d'à côté
Parmi les morts et les ténèbres

22

DEPUIS QU'ELLE EST PARTIE, je flotte dans un semi-brouillard. Coup de bol, au boulot, aucune presse ne tombe en panne, Romain me fout la paix. J'en profite pour réévaluer le stock, dresser un bilan approfondi de chaque machine. Vingt fois, Dorian me sauve le coup, là, parce que je choisis la mauvaise pince, là, parce que je me trompe de mode d'emploi, là encore parce que j'oublie l'info que vient de me donner un opérateur sur sa bécane. À certains moments, cela tourne si fort que je dois m'asseoir pour retrouver mon souffle. Quand mon malaise perdure, je pars m'asperger le visage dans la petite salle d'eau. À chaque gerbe d'eau glacée, j'ai l'impression de me réveiller d'un long cauchemar. Puis j'ouvre la porte. Et le cauchemar revient.

À l'heure de la pause, je tente, chaque fois, de joindre Élisabeth. Parfois, je laisse sonner jusqu'à cinquante fois, puis, je raccroche et je recommence. Dans les couloirs, désormais, c'est tout juste si les gars osent me saluer et, s'il m'arrive d'entrer dans la salle de repos pour me servir un café, tous, aussitôt, s'écartent et la télé, comme par magie, s'éteint.

De retour à la maison, je gravis les marches, le cœur battant. Est-elle enfin revenue ? Va-t-elle m'ouvrir la porte ? Puis, rien. Ou plutôt si. Des miettes de pain sur le canapé vide. Une assiette sale sur le rebord de la fenêtre. La douleur de son absence, depuis combien de jours maintenant ?

Un soir, Marc daigne enfin répondre. Ce silence long de presque dix jours !

« Mais enfin, papa, cela faisait des semaines que je vous en parlais, de ce trek ! »

Sans me laisser le temps de m'énerver davantage, il me demande si c'est vrai cette histoire avec Guy. Il a entendu la nouvelle sur RFI. Je confirme dans un murmure.

« Merde, c'est un truc de dingue ! Ils avaient l'air si sympas. »

Puis, sans attendre ma réaction, il change à nouveau de sujet et se met à me parler de cette randonnée où il a vu des éléphants sauvages.

« Une tribu aussi ! Avec des vieilles femmes qui se baladaient, leurs seins tout ridés à l'air. »

À plusieurs reprises, j'essaie de le remettre sur la piste de Guy. J'ai tellement besoin de lui dire que sa mère est partie. Qu'il me manque aussi. Notre vie si simple à trois. Et maintenant la rubalise en face. Jaune or comme un encens de cadavre. Notre putréfaction à tous les deux. La mienne, ici, à m'arracher la peau des doigts. Celle de sa mère, là-bas, à vouloir tout effacer de notre vie. Un mot de lui. Juste un pour lui parler de ce journal que je relis et où je raconte la ferme de mon grand-père. De mes étés là-bas, de la certitude que j'avais alors de devenir, plus tard, un paysan comme lui. Et puis sa mort si brusque. Ma solitude dans cette maison aujourd'hui. Mon envie, trois, quatre, cinq fois par jour, de sortir en courant, de traverser leur jardin, de sonner à leur porte pour demander à Guy un coup de main. Dans le petit carré de son écran, Marc ne voit pas ma détresse.

« Avec maman, il faut que vous signiez la pétition sur la forêt. C'est important. À ce rythme, dans moins de cinq ans, elle va disparaître. »

Cette joie en lui. Cette légèreté alors que tout de moi et de sa mère est en train de foutre le camp...

Je ne sais même plus ce que je lui ai répondu. Je crois que j'ai coupé court en refermant l'ordi.

Plus tard, dans la nuit, je suis redescendu dans la cuisine. Face à l'écran noir, je me suis mis à lui raconter la façon qu'avait mon grand-père Raymond de tapoter tous les matins son baromètre, à l'aube, puis de sortir jeter un œil sur le massif du Sancy. Si ce dernier était couvert de brume, c'était bon signe. On amenait les vaches au pré et on se mettait à faucher. Après quoi, on déplaçait les animaux vers les sources et on revenait déjeuner. Et là, quel régal. Quand la chaleur de l'après-midi s'installait, c'était le fanage à la main. Je retournais l'herbe à l'aide d'un gros râteau en bois. Et comme j'aimais cela... Je referme l'écran d'un coup sec. Une pétition pour sauver cette forêt du bout du monde. Et nous, bordel ? Est-il heureux, au moins ? Gagne-t-il suffisamment d'argent ? Abdane riait quand je récriminais de la sorte. Dès les premiers jours, avec lui, toutes mes tentatives pour le tenir à distance avaient lamentablement échoué. Comme si, à chaque fois, il les découvrait en spectateur amusé. C'est, sans aucun doute, ce qui m'a le plus dérouté chez lui. Cette façon de ne pas vouloir comprendre. De ne jamais s'offusquer non plus. D'aimer sans jamais attendre chez l'autre la moindre approbation. Que je fasse la gueule ne changeait rien. Toujours, il surgissait, le sourire aux lèvres, parfois avec un bon mot, parfois avec un frometon, une bouteille. Et ce, quelle que soit la personne à qui il s'adressait. Patron comme ouvrier. À ce train, j'aurais dû très rapidement le prendre en grippe. À ma plus grande surprise, c'est le contraire qui s'est produit. Je ne sais par quel tour de magie, mais, à force d'ignorer aussi ouvertement mes barrières, elles ont fini par se volatiliser. C'est comme cela que je me suis retrouvé un matin à l'attendre. Il avait bien dix minutes de retard et je crevais d'inquiétude. Ce n'était pas son genre. Que pouvait-il lui être arrivé ? Je tapais du pied sur le sol quand, soudain, il est apparu. Et là, tout s'est ouvert en moi. Il l'a vu. Je lui ai adressé un superbe sourire. Depuis, on était devenus inséparables. Abdane n'avait pas que la simplicité et la bonté. Il avait également un formidable sens de l'humour. Cet art aussi avec lequel il réparait les machines. Le premier jour, en le regardant travailler, j'en étais resté coi. Il leur chuchotait des mots doux, leur racontait des blagues, le tout avec des gestes d'une précision et d'une grâce inégalées. Que m'aurait-il dit aujourd'hui ? Comment aurait-il réagi ? Une chose est sûre, il se serait proposé de dormir chez nous, et

« de nous faire à manger ». Et sans doute aurait-il trouvé le mot pour nous faire rire. Le mot fou. Le mot terrible. Celui-là seul capable de nous extraire de cet effroi.

Cette nuit, j'ai encore rêvé. Dans un couloir, je longeais une immense étagère pleine à craquer de vieilles poupées. Tout sentait la poussière. Au bout, éclairé par un vasistas, un homme en blouse se tenait debout. En m'approchant, je découvrais, stupéfait, qu'il s'agissait de Guy.

« Ça alors ? Qu'est-ce que tu fais là ? Tu t'occupes de vendre des poupées, maintenant ?

– C'est un musée ici, mais je peux vous en vendre, oui. Lesquelles vous intéressent ?

– Mais enfin, Guy, c'est moi, Thierry ! Fais pas celui qui ne me reconnaît pas. »

Il me regarde, perplexe et je pense qu'il me fait une blague, quand, tout à coup, sur ma gauche, je vois une poupée se mettre à bouger.

« Elle est... vivante ? »

Il hoche la tête, un sourire aux lèvres. Je recule, effaré.

« Mais enfin, comment est-ce possible ? Comment tu as fait ? »

Il me regarde droit dans les yeux.

« Je l'ai mangée et je l'ai recrachée. »

Je secoue la tête sans comprendre. Il se met à rire comme un dément.

« Je l'ai mangée ! Mangée ! Mangée ! Mangée !!! »

Je me réveille en sursaut, cherche de la main le corps d'Élisabeth. Elle n'est pas là. Je me lève sans parvenir à retrouver le sommeil, erre dans les pièces de la maison. À l'aube, je finis par allumer la télé. Au flash info, j'apprends qu'un deuxième corps a été retrouvé, celui de la jeune Margarita, dix-neuf ans, étudiante en biochimie, disparue il y a trois ans, le 21 mai 2016, alors qu'elle s'apprêtait à rendre visite à sa grand-mère. Le « monstre » l'aurait séquestrée dans son cabanon, puis dans la cave de leur maison, pour la violer à plusieurs reprises avant de la tuer en l'étouffant. Ses ossements ont été retrouvés dans leur jardin. Cinq pubs. Retour sur la journaliste qui a promis un autre scoop. Avec des trémolos dans la voix, elle raconte comment Chantal, la femme du « monstre », apportait des gâteaux aux petites victimes. « Des gâteaux qu'elle cuisinait elle-même ». Noir dans ma tête. Les questions de Bretan ressurgissent. « Un gâteau pour combien ? Quelle quantité de sucre ? » Je ferme les yeux, je compte et je recompte jusqu'à dix. Je ne sais pas pourquoi. Pour faire passer l'horreur sans doute, pour oublier les restes que, souvent, beaucoup trop souvent, elle nous apportait. Et que nous mangions... J'inspire à nouveau quand, soudain, j'entends un bruit de vitre cassée dans la cuisine. J'accours, découvre, halluciné, un jeune homme, la main en sang, qui me fait face. Sans me laisser le temps de l'interroger, il brandit sa carte de journaliste. M'adjurant de parler. Me promettant une jolie somme. Parce qu'il est sûr que « je sais des choses ». Me demande, dans la foulée, si j'ai de l'eau pour panser sa blessure. M'assure que je n'ai pas à m'inquiéter : son journal, bien sûr, paiera les frais de la vitre. Je ne réfléchis plus. Je le saisis au collet, le plaque au mur.

« Le prochain qui franchit la porte de cette maison, je le réduis en bouillie, compris ? »

Le sang sur sa main. Tout mon corps tremble.

« Dégage maintenant. »

Ce qu'il fait. Laissant la porte grande ouverte. Alors, j'appelle Bretan. Je l'appelle, hors de moi, hurlant qu'un salopard vient de s'introduire chez nous, que ma femme s'est barrée, que des gâteaux cuisinés par Chantal, on en a mangé des dizaines, des tartes aussi, à la vanille, à la fraise, aux noix, au chocolat, je peux lui donner les recettes s'il veut, et même les petits trucs pour qu'ils restent bien moelleux après la cuisson ! Et qu'il ne s'avise pas d'essayer de me consoler en me balançant qu'on a eu de la chance de s'en être sortis vivants, pas plus en m'avouant qu'il n'y a pas vraiment de réponses avec des mecs comme Guy, parce que, sans réponse, elle est juste impossible, cette histoire, il faut donc qu'il y en ait une, et pas juste une de ces petites claques gentilles sur les épaules, pas juste cela, ni des rêves sur ce salopard de Henri VIII, parce qu'alors rien dans l'existence ne vaut plus le coup, pas même les enfants qu'il emmène en forêt, ceux qui se promènent dans des tribus, pas plus ma longue marche, là-bas, sur cette foutue plage où la vague a tout détruit, rien, lui dis-je, tant qu'il ne me dira pas pourquoi tout ceci a lieu.

23

J'AI AJOUTÉ UNE SERRURE à la porte de mon garage, ainsi qu'à celle de l'entrée et de mon atelier. J'ai barré les fenêtres de la cuisine au gros scotch noir.

Entre-temps, Bretan m'a rappelé pour m'annoncer que deux policiers supplémentaires allaient être affectés à la surveillance de notre maison. Pas un mot sur mon message délirant. Je le remercie du bout des lèvres, lui demande si, pour de vrai, Guy enfermait ses victimes dans sa cave et dans son cabanon.

« À la télé, ils racontent tellement de conneries...

– C'est malheureusement vrai, Thierry. »

Rien. Je ne serai épargné en rien. Je fixe le bois de la table, j'inspire profondément.

« Il les gardait combien de temps ?

– C'est difficile à dire... »

Cette gêne dans sa voix. Je suis à deux doigts d'abdiquer. L'ennemi s'avère si redoutable. Jamais je n'en viendrai à bout.

« Thierry ? »

C'est un combat déchaîné. Un combat dans la boue par une nuit très froide.

« On 'a rien entendu. Pas un cri. Rien.

– Il avait pensé à tout. Il avait fait insonoriser la cave.

– Et le cabanon ?

– Le cabanon, il a dû vous y emmener quand il n'y avait personne.

– Mais peut-être que non...

– Thierry...

– Une fois, il m'a demandé d'attendre dehors, histoire que... *je voie pas le bordel* ».

– Vous vous souvenez de quand c'était ?

– Je ne sais plus, tout s'embrouille... Vous croyez qu'il aurait fait ça ?

– Pour le moment, je n'ai pas assez d'éléments et je vous le répète... »

Je sais, il n'a pas le droit de me délivrer la moindre info. Il n'empêche...

« Quand est-ce que vous et vos hommes comptez partir ? Ma femme ne reviendra pas avant. Et moi, tout seul, ici... »

Il n'est malheureusement pas en mesure de me donner une date précise. Tous les jours, ses équipes découvrent de nouveaux éléments. De plus, les analyses prennent du temps. Beaucoup de temps.

« Si j'étais vous, je ferais comme elle, je prendrais le large. »

Le large, mais où, le large ? Et puis, combien de temps et chez qui ? Il se verrait, lui, habiter chez les autres ? Non, ici, c'est chez moi. Je le lui ai déjà dit. Et il n'est pas question que, en plus de tout ce qu'il a fait, cet enfoiré me foute dehors.

« De toutes les façons, mes belles-sœurs habitent trop loin. Si je pars chez elles, adieu le boulot. »

Il évoque alors l'idée de partir en vacances. J'hésite entre lui raccrocher au nez ou me débarrasser du téléphone. Je regarde le mur, me demande à quelle vitesse il faudrait que je le projette pour qu'il se fracasse.

« Thierry, je me suis mal exprimé. Je sais bien que vous êtes à mille lieues d'avoir envie de prendre le soleil. Je suggérais juste de prendre un peu de distance. Vous pourriez louer un gîte par exemple. »

Un gîte maintenant. Comme si l'air de la montagne allait pouvoir me faire tout oublier.

« Je suis épuisé, Thierry, je ne sais pas quoi vous dire, on m'appelle, il faut que j'y aille. »

Il raccroche sans me permettre de lui demander des nouvelles de ses enfants. Quelle sorte d'histoires leur lit-il, le soir, en rentrant ?

À la télé, j'apprends qu'Anne-Cécile, la dernière victime de Guy, est sortie de l'hôpital. D'après les psychiatres qui défilent devant les caméras, il lui faudra un bon bout de temps pour se reconstruire. Puis on enchaîne sur des manifestants qui, samedi dernier, ont bloqué le rond-point à quatre kilomètres de P. En gros plan, une mère de famille déplore s'être retrouvée coincée une heure dans les bouchons. Je zappe, tombe sur une pub vantant les mérites d'une barre aux céréales chocolatée, sur une deuxième et une troisième faisant l'éloge d'un yaourt et d'une banque. Tous mes petits mots d'amour. Comment a-t-elle pu oser dire au psy que je n'étais pas là ? Je me lève, tente, une fois de plus, de l'appeler, sans succès. À tout hasard, j'essaie le numéro de sa sœur, Delphine, qui, par miracle, décroche. Quand, toutefois, je lui demande de me passer Lisa, elle me répond, gênée, qu'elle a besoin d'être seule. J'explose. Trente ans, bordel, qu'on a tout fait ensemble, les courses, les vacances, les week-ends et, soudain, ce silence, au pire moment ! Comment est-ce que je dois le prendre ? Et comment je fais pour tenir ?

« Thierry, tu ne t'en es peut-être pas rendu compte, mais cela fait un petit moment que Lisa ne va pas bien...

– De quoi tu parles ?

– Écoute, c'est difficile de te dire les choses, comme cela, mais, avant même que toute cette histoire n'arrive, elle avait prévu de passer un bout de temps chez moi. »

Je perds pied.

« Mais... pourquoi elle t'avait demandé ça ?

– Pour respirer. Pour y voir clair.

– Je... je ne comprends pas...

– Écoute...

– C'est à cause de ses heures sup, c'est ça ?

– Ses heures sup, mais aussi beaucoup d'autres choses qui font qu'elle a besoin de se recentrer, tu comprends ? »

Se recentrer ! Sait-elle, au moins, l'histoire des gâteaux de Chantal, des filles enchaînées dans la cave de Guy, des trous qui partout pullulent ? Comment peut-on avoir envie de se recentrer au milieu d'une telle infection ? À moins qu'elle ne cherche à me cacher la vérité. Je ferme les yeux, bloque ma respiration.

« Elle a rencontré quelqu'un ?

– Non...

– Alors quoi ? Je l'aime ! J'ai besoin d'elle.

– Écoute, elle a besoin de temps.

– Mais de temps pour quoi ?

– Il faut que je raccroche. Je t'embrasse, Thierry. »

Dix fois de suite, j'essaie de la rappeler. Toujours la même sonnerie cognant, tapant dans le vide. Alors, la colère monte. Je gravis quatre à quatre les marches de l'escalier, j'ouvre grand la porte de son atelier, j'embrasse du regard ses toiles. C'est à cause d'elles, j'en suis sûr. J'aurais dû lui mentir. Lui dire qu'elles me bouleversaient. Cette furieuse envie qui me prend de les balancer par la fenêtre. Et pas qu'elles. Les tubes, les chevalets, les torchons, les pinceaux. Elle ne va tout de même pas foutre en l'air trente ans de vie commune pour ça ! Lui ai-je jamais réclamé d'aimer la pêche ou mes balades au bord de l'Aune ? Elle n'est même pas parvenue à en vendre une. Et pour cause ! Je ris dans l'atelier de ma femme. À gorge déployée, je ris, je crie dans l'atelier de ma bien-aimée. Je saisis un pinceau. Je le fracasse en deux. Dans l'atelier, son « antre », que je voudrais bousiller, là, à coups de poings. Parmi les toiles de celle pour laquelle mon cœur bat chaque seconde. Et pour laquelle, sans hésiter, je donnerais ma vie. Pourquoi, dès lors, est-elle partie ?

« Pourquoi ?

– Asseyez-vous.

– Je ne lui ai rien fait. Rien !

– Vous parlez trop vite. Je n'arrive pas à vous suivre. Asseyez-vous et dites-moi ce qui est arrivé.

– Vous me demandez ce qui est arrivé ? Le monde entier sait ce qui est arrivé ! Et nous, on les a connus, on les a serrés dans nos bras !

– Écoutez, n'importe qui serait dans tous ses états et je comprends votre rage, seulement...

– Je vous en prie, dites-moi pourquoi elle est partie.

– Elle vous l'a dit elle-même. Elle avait besoin de s'éloigner.

– En me laissant seul ?

– Face à un très gros choc, chacun génère son propre système de défense, et parfois même au détriment de celui qu'on aime.

– Sauf que sa sœur dit que cela date d'avant... Je veux dire... Cette idée de s'en aller... J'ai si peur qu'elle me quitte !

– Peur ?

– J'ai peur, oui, je crève de trouille même.

– Et pourquoi ?

– Pourquoi ? Mais parce que je l'aime !

– Non, mais je veux dire, pourquoi cette peur ?

– Je ne sais pas. Sans elle... je... rien ne serait plus possible.

– Qu'est-ce qui ne serait plus possible, Thierry ?

– Mais la vie. Tout, quoi.

– Et pourquoi ? Pourquoi sans elle ce ne serait plus possible ?

– Mais parce que je l'aime.

– Rien ne vous empêche de continuer de l'aimer.

– Oui, mais, pour l'aimer, il faut qu'elle soit là. J'ai besoin de sa présence !

– Nous y voilà. Vous avez besoin de sa présence. »

Je le regarde, incrédule.

« Ben oui, c'est normal, non ? »

Il esquive ma question, plonge, de nouveau, ses grands yeux noirs dans les miens.

« Y a-t-il eu un moment dans votre vie où la présence de quelqu'un vous a terriblement manqué ? »

Pourquoi est-ce cette image qui remonte ? Pourquoi celle-là parmi les milliers d'autres que je porte en moi ? Ma mère, dos à moi, le corps légèrement penché en avant, et moi, quel âge ? Six ans, huit ans ? Les genoux repliés sur mon lit, la suppliant de venir me consoler. Mais c'est comme si elle ne m'entendait pas, comme si elle ne me voyait pas. Alors, je me mets à sangloter. Elle ne bouge toujours pas. Combien de nuits à l'implorer ? Avec cette peur qui ne cesse de grandir dans ma tête d'enfant. Cette peur qui me chuchote qu'elle est peut-être morte. Ou alors, moi. Moi, l'enfant qu'elle ne voit plus ni n'entend plus et dont le fantôme erre dans cet appartement. Oui, c'est moi qui suis mort. Peut-être.

24

Je viens à peine d'arriver à l'usine que Valérie, la DRH, m'intercepte.

« Tu peux venir une minute ? J'ai besoin de te parler. J'ai prévenu Romain, il est OK. »

Je la suis à l'étage, perplexe, ressassant toutes les conneries que j'ai pu faire sans en trouver une d'assez grave pour justifier une telle urgence. Est-ce pour m'interroger sur Guy ? La pharmacienne de P. m'a laissé plus de quinze messages et, à sa suite, le maire, sa secrétaire, la directrice du mini-market, ainsi qu'une foule de journalistes qui, tous, me promettent monts et merveilles en échange d'une « exclusivité ». En même temps, pourquoi Valérie aurait-elle tant attendu pour m'en parler ?

Avec cet air à la fois bienveillant et pressé qui la caractérise, elle m'ouvre la porte de son bureau et me fait signe de m'asseoir. Va-t-elle m'annoncer un de ces foutus plans de restructuration avec épuration à la clef ? Quand elle m'a intercepté à la sortie des vestiaires, elle ne m'a même pas laissé le temps de jeter un coup d'œil à mes mails. Qu'est-ce que les gars de la production vont penser en ne me voyant pas arriver ? Sans m'adresser un sourire, elle, s'assied en face de moi, raide.

« Je vais aller droit au but, Thierry. Dorian a claqué la porte. »

Immense soulagement mêlé d'une franche surprise.

« Qu'est-ce qui s'est passé ? »

Sa mâchoire se contracte légèrement. Je ne saurais dire si elle est énervée ou emmerdée.

« Il n'en pouvait plus. »

Je la regarde sans comprendre.

« Le boulot n'était pas si dur pourtant. »

Elle me jauge quelques secondes, comme si elle cherchait à évaluer le niveau de ma sincérité. Je secoue la tête.

« Je te jure, Valérie, je ne pige pas. »

Elle lâche un soupir et je crois y déceler la même exaspération que celle d'Élisabeth juste avant qu'elle ne m'annonce son intention de « prendre l'air ».

« C'est de toi qu'il n'en pouvait plus. »

Je la regarde, éberlué.

« Moi ? »

Elle a un geste d'impatience.

« Oui, toi. Tu n'es pas facile, Thierry...

– Mais enfin... pourquoi tu dis ça ? Qu'est-ce que je lui ai fait, à ce gamin ?

– Cela fait trois stagiaires qui ne tiennent pas le coup. Trois, Thierry.

– Attends, le dernier, il faisait n'importe quoi.

– Celui-là, peut-être, mais le petit Francis, et Dorian aujourd'hui ?

– Francis, cela m'arrivait de le reprendre. Mais comment faire autrement ? On n'a pas le droit à l'erreur dans notre métier et...

– Attends. Francis, ce n'était pas parce que tu le reprenais, ni Dorian d'ailleurs...

– Ben, quoi alors ? »

Elle s'énerve.

« Je viens de te le dire. Tu es compliqué, Thierry. Pour preuve, les gamins craquent les uns après les autres. »

Merde à la fin, qu'est-ce qu'ils ont tous à s'acharner ?

« Dorian, je lui ai tout appris.

– Atterris, Thierry. Il n'y a pas que Dorian et Francis. Tout le monde en a marre, ici. »

J'écarquille des yeux. Marre ? C'est à cause de Guy, c'est ça ? À cause de la fille morte dans son cabanon ? Des gâteaux de Chantal ? De notre drap jaune ? Face à mon air perdu, elle se radoucit.

« Écoute, on sait tous que tu traverses une période difficile, seulement cela ne date pas d'hier, ces histoires. Dorian a failli lâcher dès la première semaine.

– J'ai toujours pris le temps de lui donner les bonnes explications et je n'ai jamais été injuste avec lui.

– Ce n'est pas ça, Thierry. Personne, ici, d'ailleurs, n'a rien à te reprocher sur la façon dont tu bosses. C'est juste que... »

Tous ces mystères. Je perds patience à mon tour.

« Que quoi ?

– Que tu n'es pas liant. Comme si tu ne t'intéressais pas aux autres. Comme si... tu ne les voyais pas. »

J'accuse le coup. À croire qu'avec Lisa elles se sont donné le mot.

« Ce n'est pas vrai.

– C'est l'impression que tu donnes, Thierry. »

Sur la plage jonchée de ruines, le sable devient brûlant.

« Cette formation qu'on t'a proposée pour aider le staff à mieux cerner leurs problèmes. Pourquoi tu as refusé de la suivre ?

– Je suis pas fait pour ça.

– Pourquoi alors on a pensé à toi ? Tu crois qu'on ne connaît pas notre métier ?

– C'est pas ce que je voulais dire... »

Combien de temps encore, l'étau ? Pas la moindre ombre, en plus, pour se reposer.

« Et cela, Thierry, ce n'est qu'un détail parmi d'autres. »

Éviter les corps. Éviter les trous. Se frayer coûte que coûte un chemin sous les couvertures... Je relève la tête, la fixe, déterminé à me défendre.

« Cela ne m'a jamais empêché de prendre parti pour les gars.

– Oui, c'est vrai.

– Alors pourquoi ils en ont marre ? Et pourquoi vous venez m'emmerder avec ces histoires de groupes à la con ? »

J'ai presque crié. Tout ce sable qui brûle aussi. Et tous qui m'abandonnent, Dorian, Lisa, Guy, Marc, Abdane et même mon frère alors que je n'avais pas neuf ans, mon frère qui n'arrête pas de me laisser des messages et que je ne rappelle pas. Elle me fixe à son tour.

« Ce n'est pas juste une histoire de groupes à la con, mais de liens, Thierry. Quand une machine tombe en panne, je te l'accorde, t'es concerné et tu t'occupes de l'opérateur. Mais dès que cela touche au collectif, il n'y a plus personne. Tu ne viens jamais aux pots, tu ne te syndiques pas... »

Je laisse échapper un petit rire.

« C'est toi qui dis cela ?

– Oui, c'est moi. Même les manifs, on dirait que cela te passe au-dessus de la tête.

– Et alors ? Si j'ai pas envie de me mêler à ces histoires, c'est mon droit, non ?

– Peut-être, mais cela donne l'impression que tu fais bande à part. Et à force, ça la fout mal. »

Son corps légèrement penché tel celui de ma mère et peut-être bien celui de Chantal ce fameux jour où je l'ai croisée au bord de l'Aune. Leur regard, à toutes deux, au bord du gouffre.

« Thierry ? »

Cette émotion qui remonte. Chienne. Je relève la tête, la fixe, rageur.

« Je ne fais pas bande à part.

– Les autres pensent que si. »

Résister. Résister à tout prix. Seulement, sa voix si chaude.

« Thierry, regarde-moi... »

C'est ici que je voudrais m'allonger. À l'intérieur de cette voix qui me regarde. Pourquoi alors je m'en détourne ?

« Les autres, ils sont bien contents quand je me pointe pour les dépanner ! »

Seulement, elle tient bon. Elle ne lâche rien.

« C'est justement parce qu'ils t'apprécient qu'ils voudraient plus se rapprocher de toi... »

Se rapprocher. Le mot fait un drôle de chemin dans mon corps.

« Et pourquoi ? »

Elle ouvre grand les yeux.

« Pourquoi ? C'est ça que tu me demandes ? Pourquoi les gens ont envie de se rapprocher de ceux qu'ils aiment ? »

Je me sens si fatigué soudain.

« Écoute, Thierry, ce n'est plus Valérie la DRH qui te parle, mais Valérie tout court. Je sais que lorsqu'il y a un problème, tu es là pour les gars. Mais toi, là-dedans ? Tes problèmes à toi ? Pourquoi tout garder à l'intérieur ? Pourquoi ne jamais rien partager ? »

Sur la plage, le soleil m'aveugle. Où sont passés les corps ? Et pourquoi ce nœud à l'intérieur de ma poitrine ?

« Dorian, cela faisait sept jours que tu ne lui avais pas adressé la parole.

– ...

– Tu l'aurais vu, hier. Il était à ramasser à la cuillère. Il ne méritait pas ça, Thierry.

– ...

– Bon, voilà ce que je te propose. Tu prends quinze jours d'arrêt et tu enchaînes avec tes trois semaines de vacances.

– Mais non...

– Si, Thierry. Tu en as besoin. Et tout le monde, ici.

– Valérie, s'il te plaît.

– Ne m'oblige pas à élever le ton. Tu prends ce temps pour toi, tu réfléchis, on fait le point à ton retour. »

25

J'AI OBTENU DE TERMINER MA JOURNÉE. Je suis passé voir les bécanes, j'ai annoncé aux opérateurs que je n'allais pas être là pendant cinq semaines. Personne ne m'a posé de questions. La plupart m'ont souhaité bonne chance et même un « bon rétablissement ». Puis j'ai appelé les responsables de la deuxième équipe pour organiser le planning. Là encore, aucune question. Tout au plus, un silence gêné accompagné d'un « à bientôt ». À l'heure de la pause, je suis parti me réfugier dans ma voiture. J'ai tourné le volume de la radio à fond. Puis, j'ai rangé mon bureau et je suis parti sans dire au revoir à personne. Juste avant le virage, les journalistes m'ont assailli, très vite rejoints par quatre gendarmes qui, tant bien que mal, sont parvenus à les écarter. Un type a néanmoins réussi à se faufiler et à donner un grand coup sur ma vitre.

« Si tu parles pas, c'est que t'as quelque chose à cacher, salaud ! »

Sur le moment, j'ai hésité à sortir pour lui péter la gueule. Puis, non. La violence me répugne si fort. Guy m'admirait pour cela et je regrette tout à coup de ne pas lui avoir parlé des saloperies que mon père avait commises durant ses années de guerre, en Indo et en Algérie. Saloperies dont il ne parlait jamais, mais que je pouvais presque palper à son approche. Comme si, à l'intérieur de lui, elles hurlaient encore. À la place, c'étaient toujours les mêmes histoires de héros, de médailles, d'amitié, d'honneur. Qu'est-ce que cela lui aurait fait, à Guy, de m'entendre lui parler comme ça ? La vision du break d'Élisabeth garée devant la maison me sort brutalement de mes pensées. Je sors en trombe de la voiture, saluant d'à peine un « bonjour » les deux policiers en faction devant l'escalier, gravis les marches au pas de course. Je me ressaisis néanmoins devant la porte. Inutile de la brusquer, encore moins l'affoler. Ne pas me précipiter donc. Oublier la vague, cesser de marcher sur cette plage. Entrer d'un pas tranquille comme s'il s'agissait d'un jour normal avec le parfum des fleurs de Chantal à côté, celui de leur linge propre et peut-être même le bruit de leur tondeuse. Venir à sa rencontre avec le sourire apaisé de celui qui rentre chez lui. Dans cette maison qui a vu grandir Marc, notre seul fils, Jules, notre chienne, et où nous n'avons jamais cessé de nous aimer.

Je traverse le couloir, je la découvre assise dans la cuisine. À la façon qu'elle a de se tenir, les bras croisés sur la table, je comprends qu'elle m'attend depuis un certain temps et je dois me faire violence pour ne pas m'élancer vers elle. Dans la pâle lumière de fin d'après-midi, Dieu ce que je la trouve belle. Debout, je lui souris. Tout est néanmoins si fragile. Pour rien au monde je ne voudrais provoquer la fin de son apparition. Elle m'a tellement manqué. Je décide de me taire pour la garder le plus longtemps auprès de moi. Elle, ma Lisa, dont les traits ont retrouvé un peu d'éclat et qui contemple, songeuse, les grosses bandes de scotch noires sur les fenêtres. Mais rien. Je ne dirai rien tant qu'elle n'aura pas parlé la première. Ses yeux reviennent enfin à moi ou plutôt à mon visage, qu'ils observent longuement. Je retiens mon souffle.

« C'est toi qui as cassé la vitre ?

– Non, un journaliste qui a essayé de s'introduire. »

Quelque chose se resserre en elle.

« Ne t'inquiète pas. Deux policiers surveillent la maison désormais. Cela ne se reproduira plus. »

Elle hoche doucement la tête, toujours aussi pensive. Je désigne les verres.

« Tu as soif ? »

Elle me fait signe que non, caresse du doigt la nappe.

« Comment ça se passe, pour toi, le boulot ? »

Ne surtout pas l'alarmer. Elle risquerait de changer d'avis.

« Ce n'est pas simple, mais je me débrouille. »

Je n'ose pas lui demander si, de son côté, elle a décidé de reprendre. Chaque mot est si chargé de sens. Dans le couloir, je n'ai pas vu sa valise, mais sans doute l'a-t-elle laissée dans sa voiture. Elle soulève une mèche de ses cheveux, regarde à nouveau les bandes de scotch, puis, derrière la baie vitrée, les travaux de la terrasse qui n'ont pas avancé.

« Je suis vraiment désolée, Thierry. »

Mon cœur bondit.

« Je t'aime, Lisa. »

Cette tristesse dans son regard.

« J'ai quelque chose d'important à te dire. »

Je n'ose plus faire un geste.

« J'ai eu tout le temps de réfléchir et, crois-moi, j'ai retourné la question dans tous les sens. »

J'ai un mouvement de surprise.

« S'il te plaît, laisse-moi aller jusqu'au bout. Je ne sais même pas comment te le dire. J'ai si peur de ta réaction. »

Peur ? Elle prend une large inspiration.

« Je veux qu'on vende la maison, Thierry. »

Ai-je bien entendu ? Elle poursuit sur sa lancée.

« Je ne veux plus vivre ici. Même revenir quelques minutes me demande un effort surhumain. Tout me fait penser à eux. Vendons, Thierry. Partons d'ici. »

Le choc est tel, je ne sais plus comment rassembler mes idées.

« Mais... enfin, Lisa. C'est notre maison. Nos souvenirs.

– Je sais cela. »

Je vacille.

« Dans un mois, je t'assure, ils seront tous partis.

– Et tu crois quoi ? Qu'on n'y pensera plus ? »

Trouver une réponse, n'importe laquelle, mais tout plutôt que d'acquiescer à cette folie.

« Je ferai pousser du bambou. On n'y verra plus rien. »

Elle part d'un rire brutal.

« Du bambou ! Non mais je ne crois pas que tu comprennes. Même s'ils décidaient de la raser, leur maison, j'y penserai à chaque fois que je regarderai par cette fenêtre ! »

Parer, contrer chaque coup.

« Tu dis cela aujourd'hui.

– Non, Thierry, ils sont venus, ici. Chaque pièce, chaque meuble me fait penser à eux.

– On finira par oublier.

– Thierry, je t'en supplie, écoute-moi, vendons ! »

Et moi qui pensais qu'elle revenait !

« Comment tu peux me demander une chose pareille ? J'ai tout fait, ici !

– On reconstruira ailleurs. »

Elle paraît si déterminée. Le sol se dérobe sous mes pieds.

« Et... la terrasse ?

– Tu en referas une. »

Je m'affole pour de bon.

« Mais Marc ?

– Marc, il est à dix mille kilomètres. Vendons et partons, Thierry. Loin d'ici !

– Mais... mon boulot ? Et le tien ? Tu es complètement cinglée ou quoi ?

– Je le savais, que tu allais réagir comme ça.

– Lisa, tu parles de foutre en l'air tout ce que nous avons construit !

– Tu n'entends pas ! Je ne peux pas rester ici.

– Le psy l'a dit, tu es en état de choc. Tu ne sais même plus ce que tu dis.

– Je ne suis pas sous le choc ! Je ne veux plus être ici !

– Et si je ne veux pas, moi ? »

Elle se met à crier. Depuis le début, elle avait senti que quelque chose clochait avec cette maison. Seulement, comme d'habitude, je n'en avais fait qu'à ma tête, allant même jusqu'à me moquer d'elle quand elle m'avait rapporté que les gens du coin la disaient hantée.

« C'était il y a trente ans, Lisa, et des légendes comme ça, il y en a partout.

– Non, il n'y en a pas partout. Je suis d'ailleurs sûre qu'elle avait plu à Guy, que c'est même, sans doute, la raison qui l'a poussé à acheter. Entre bourreaux, on se reconnaît !

– Entre... bourreaux ?

– Si tu prenais la peine de t'intéresser aux gens, tu l'aurais entendue, cette histoire ! Au début du siècle, on aurait retrouvé la dépouille de trois fillettes dans cette fermette. Trois fillettes, ça te dit quelque chose ? »

Elle parle, les yeux exorbités, elle tremble, je ne la reconnais plus, et Guy, dans sa cellule, rit à gorge déployée. Seulement, aucun de vous n'aura ma peau. Je suis l'enfant qui en fait le serment sous l'épaisseur des couvertures. Ma guerre sera celle-là. Une guerre silencieuse, entièrement faite de murs. Et au sein de laquelle rien n'aura plus de poids ni même de consistance. Et où je disparaîtrai et où je disparais, tu entends, ma Lisa ? Elle s'approche de moi, plus agitée que jamais.

« Et pendant la Seconde Guerre, c'est l'endroit que des maquisards de la dernière heure avaient choisi pour torturer à mort les miliciens qu'ils chopaient. »

Elle se met à pleurer.

« Je ne veux plus vivre ici ! »

Empêcher coûte que coute l'effondrement.

« Réfléchis. Personne n'achètera après ce qui s'est passé. »

Cette sauvagerie dans ses yeux.

« Parce que tu crois que cela n'excite personne, cette histoire ? Il y en a qui pensent à créer un parc mémorial, d'autres qui imaginent ouvrir un musée !

– Où est-ce que tu as entendu des choses pareilles ?

– Où ? Mais dans la bouche des gens, Thierry ! Les gens que je fréquente et que tu ignores.

– Je ne les ignore pas.

– Alors pourquoi tout le monde le dit ? Tu nous ignores tous !

– Ce... ce n'est pas vrai. Toi, je t'aime. »

Elle se met à pleurer de plus belle.

« Si tu m'aimais, tu dirais oui et on vendrait. »

Mais vendre, c'est réduire à néant toutes ces années de sacrifices.

« Accepte, s'il te plaît, Thierry. »

Quitter le seul endroit où je ne glisse pas. Où je ne tombe pas.

« Tu ne veux pas, c'est ça ? »

Laisser Guy rire dans le creux de mon oreille pour le restant de mes jours.

« Non, Lisa, c'est impossible. »

Alors, elle se lève sans dire un mot et elle claque la porte.

26

Tenir. Faire comme si elle allait rentrer d'un moment à l'autre. Raboter la porte en chêne qui, bientôt, remplacera celle de notre chambre. Poursuivre la lecture de mon journal, appeler Bretan pour lui indiquer qu'à la date du 24 avril, soit le lendemain de la disparition de la petite Violine, Guy m'a demandé de l'aider à remplacer la vitre de la fenêtre de leur chambre. Malgré *l'emmerdement,* j'écris que *je l'ai trouvé d'humeur plutôt joviale.* Non, le lit n'était pas défait, et non, je n'avais pas croisé Chantal. La victime ? Non, je n'ai entendu aucun bruit suspect et je mets fin à la discussion, ne souhaitant pas passer le reste de la journée à imaginer la pauvre gosse ligotée dans la cave.

Dix fois, je compose le numéro de Dorian. Dix fois, je raccroche dès la première sonnerie. Comment lui faire comprendre qu'il n'y est pour rien. Qu'il va me manquer même. Que j'aurais mille fois préféré que les choses ne se passent pas comme cela. Que tout m'échappe. L'extérieur, je veux dire. Les corps, tous les corps, le mien en premier lieu. Que la plage où je marche n'est pas juste celle de l'après-Guy, mais celle, également, d'un appartement qui n'en finit pas d'être vide. Avec, dans chaque recoin, des sanglots recroquevillés. Avec une femme aussi et des absents qui, à l'instar des types en blanc dans le jardin de Guy, laissent, derrière eux, des trous énormes. Trous dans lesquels il ne faut surtout pas tomber si jamais on veut avoir une chance de revoir la surface. Enfin, la surface... Plutôt la lumière. Celle de la cime des arbres avec le doux balancement des feuilles et leur parfum sauvage. Non, décidément, Dorian ne comprendrait rien. Pas davantage si je lui racontais ma première rencontre avec Élisabeth. Je venais d'avoir vingt-cinq ans, mon BTS en poche. Après une rude journée de travail, je buvais un demi à la terrasse d'un café. Elle s'est assise à la table voisine et s'est tournée pour me demander du feu. Je ne saurais dire si c'est le vert de ses yeux, la franchise de son sourire, l'éclat qui émanait de sa peau, sa poitrine et ses fesses à la fois rondes et fermes ou encore sa robe rouge vif, croisée et courte, qui lui donnait si belle allure. Je l'ai immédiatement aimée. Elle m'a remercié, puis s'est plongée dans la lecture d'un livre qui m'a paru énorme. Comment allais-je parvenir à retenir son attention ? Parce qu'il fallait que je l'aborde à nouveau. Il le fallait puisque c'était à ses côtés que j'allais vivre le reste de ma vie. D'où me venait une telle certitude ? À vrai dire, je n'en savais foutrement rien. Elle m'était tombée dessus au moment même où nos regards s'étaient croisés. Une bonne demi-heure s'est ainsi écoulée sans que je trouve le courage de lui parler. Jusqu'ici, les filles n'avaient pas eu grande importance. Elles allaient et venaient dans ma vie sans vraiment prendre de place ; il m'avait été facile de les draguer. Mais, là, avec une telle puissance de sentiment ? Je triturais mon verre, incapable de revenir vers elle, quand je l'ai vue se lever. C'était maintenant ou jamais, seulement j'étais comme pétrifié. Je me suis mordu le poing en la regardant disparaître au coin de la rue. Voilà, c'était fini, et je n'avais rien fait. J'ai levé les yeux vers le ciel, promettant de surmonter ma peur si quelqu'un, là-haut, me donnait une nouvelle chance de la recroiser. C'est précisément à cet instant que je l'ai vue réapparaître. Non, je ne rêvais pas. C'était bien elle qui fonçait droit sur moi. Dieu existait-il ?

« Excusez-moi, vous n'auriez pas vu mon porte-monnaie ? Je pense l'avoir laissé sur ma table. »

Je me suis aussitôt jeté à terre pour le chercher et, miracle, je l'ai trouvé. Elle m'a alors adressé le plus beau sourire de la terre. Mais cela ne pouvait pas s'arrêter là.

« Je vous invite à dîner ? »

C'était maladroit mais charmant. Elle a ri. Bien plus tard, elle m'a avoué n'avoir accepté que dans l'espoir de rendre jaloux celui qui venait si brutalement de la quitter. Puis, nous nous sommes revus et elle a aimé mon silence. Il y avait quelque chose de solide, ici. Quelque chose qui ne la malmènerait pas comme l'avaient fait les précédents. Cette façon aussi que j'avais de la dévorer des yeux. Jamais un garçon ne l'avait autant aimée. Certes, j'étais très solitaire, mais elle ouvrirait grand la porte de notre maison et elle y ferait entrer du monde. Du bruit aussi. Et de la vie avec son ventre rond. Qu'est-ce qu'un gamin de l'âge de Dorian pourrait comprendre à un tel récit ?

Les jours se succèdent. Je nettoie la maison de fond en comble, dresse, à chaque repas, une table de fête avec une nappe, une bougie, la petite salière qu'elle préfère et nos plus belles assiettes.

« Il n'y a jamais eu qu'elle, pourquoi ne revient-elle pas ?

– Et les autres autour de vous ? Les personnes de votre famille, vos collègues, les sœurs de votre femme, ses amis ?

– Non, je ne peux pas dire que je les aime.

– C'est-à-dire, Thierry ?

– Je ne suis pas prêt à donner ma vie pour eux, vous comprenez ? »

Il a ce léger tressaillement de surprise, laisse flotter un grand silence.

« Mais votre fils ?

– Lui, c'est différent. C'est elle qui me l'a donné.

– Vous voulez dire que vous l'aimez à travers elle.

– Oui, comme ses sœurs, comme Chantal.

– Chantal ? »

Je rougis violemment. Qu'est-ce qui m'a pris de parler d'elle ?

« Vous voulez parler de la femme de Guy Delric, votre voisin ? »

J'acquiesce, perclus de honte. Il reprend, très doux.

« Pour lui aussi, vous auriez été prêt à donner votre vie ? »

Lame de couteau qui s'enfonce. Oui, je l'aurais fait et pour Abdane aussi, mais lui est mort.

« Mort ? »

Mort, oui. Et les fillettes aussi. Toutes les fillettes que je n'ai pas entendues crier. C'est sans doute la raison pour laquelle Élisabeth veut vendre. Pour me quitter, comme eux tous. Comment, sinon, oserait-elle me demander une chose pareille ?

« Qu'a-t-elle de si important, cette maison, Thierry ?

– Je l'ai bâtie.

– Bien sûr, mais habile comme vous êtes, vous pourriez en bâtir une autre, non ?

– C'est toute ma vie avec elle à l'intérieur.

– Et ailleurs, non ?

– Non.

– Expliquez-moi cela.

– Ailleurs, elle ne me protégerait plus.

– Vous voulez dire, votre maison ? »

Ailleurs, le monde s'engouffrerait et me laisserait pour mort. Ce que je suis déjà.

« Mort ? »

Mort sous la couverture. Mort dans la cuisine. Mort face au rire de Guy. Mort dans la bouche des fillettes. Mort devant la vague. Mort dans les pièces vides. Mort face au corps d'Abdane. Mort face au dos de ma mère. Mort dans la fureur des guerres de mon père.

« Non, Thierry, je ne peux pas vous laisser dire cela.

– Sans la maison et sans Élisabeth, si. »

Alors, il se met à me parler de cet amour que j'ai pour les insectes, de cette carapace, commune à tous, qui les protège. Une carapace qu'à ses yeux je partage avec eux et qui, chez moi, a pris la forme de ma maison. Je m'énerve pour de bon. Tous ces discours, c'est très joli, mais ma femme dans tout cela ? Elle va revenir, elle va comprendre qu'il ne faut pas la vendre, n'est-ce pas ?

« Je ne sais pas, Thierry.

– À quoi il sert, votre boulot, si vous ne savez pas ?

– À essayer de comprendre. Seulement, il faut être deux pour cela. »

Ses yeux qui plongent, à nouveau, en moi. Qu'est-ce que cela pouvait lui foutre, de me répondre « oui, Thierry, elle va revenir », de me la tendre, sa main, mais non, monsieur préfère jouer les savants et me comparer à un insecte.

« Je vous sens en colère.

– Je ne suis pas un scarabée !

– Je n'ai pas dit cela. J'ai juste évoqué cette histoire de carapace.

– Mais je m'en fous, moi, de leur carapace. Je veux juste comprendre ce qui se passe dans la tête de ma femme.

– Elle vous l'a dit. Elle veut quitter cette maison qui vous protège, Thierry.

– Mais pourquoi ? Pourquoi elle veut cela ?

– Elle vous l'a dit aussi. À cause de tout ce qui s'est passé, mais aussi parce qu'elle n'en peut plus de vous voir enfermé à l'intérieur.

– Je n'y suis pas enfermé !

– À ses yeux, vous l'êtes, et là, elle a besoin de vous en voir sortir. Que vous muiez en somme.

– Que je mue ? Elle est bien bonne, celle-là ! »

Il ne réagit pas.

« Si c'est pour me balancer ce genre de conneries, ce n'est pas la peine de continuer. »

Il me fixe sans bouger. Je le regarde, fou de rage

« Et comment je fais pour muer ? Je vends, c'est ca ? Je lui dis oui ? »

Toujours aucune réaction.

« Jamais, vous entendez ! »

Rien. Pas un mouvement. Je me lève, je frappe violemment du poing sur sa table.

« Combien elle vous a donné pour avoir ma peau ? Combien ? »

Il ne répond toujours pas. Alors, je fais volte-face et je claque la porte sans le payer. Et, une fois de retour, je dresse la table, je réchauffe au micro-ondes un sachet de paëlla, je le verse dans le plat en porcelaine que ses sœurs nous ont offert à Noël et je l'attends, les poings serrés, en regardant la fumée partir en petites volutes vers le plafond.

27

Trois jours à tout laver à l'eau de Javel jusqu'aux poignées de portes et aux interrupteurs. À balancer tout ce qu'ils avaient touché : les deux chaises où *ils* s'asseyaient, les plats qu'on *leur* avait prêtés, les verres, le service à « invités », les nappes, les tasses de café, les deux carafes et même les bouteilles de porto et de vieux rhum.

Trois jours. À donner des coups de pied dans les chaises, à maudire les psys, à menacer à voix haute Élisabeth de la quitter tout en guettant, comme un fou, le ronronnement de sa voiture.

Trois jours. De toute ma colère.

Puis, la découverte de ce nouveau corps à quelques mètres du cabanon : celui de Zoé, apprentie fleuriste, âgée de vingt-deux ans, disparue le 2 juillet 2015, « alors qu'elle rejoignait son petit ami de l'époque ».

Et de nouveau cette excitation morbide sur les visages. Comme si ce pas de plus dans l'horreur les revigorait. Pire. Les ranimait.

« D'après les derniers aveux de l'épouse du “monstre”, la jeune fille, au moment de son rapt, se serait sauvagement débattue. Pour ne pas effaroucher les voisins, son mari aurait alors eu l'idée de l'enfermer dans son cabanon, où il l'aurait violée puis étranglée à mains nues. »

« Effaroucher... » Je regarde le poste, sidéré. Mais oui, c'est bien ce mot que les deux journalistes répètent à l'envi, si satisfaits de leur trouvaille.

Et moi qui, jusqu'ici, essayais de te sauver, Chantal. Pourquoi pas « déranger » pendant que tu y es ? Revenir en arrière, atteindre les bords de l'Aune, tomber à nouveau sur toi, sur ta mine d'égarée, et cette fois-ci s'abstenir de toute pitié, tu entends, Chantal ?

De toute pitié.

Coup de sonnette. Qui cela peut-il bien être ? Je n'attends personne, enfin si, ma femme, mais ma femme a la clef, alors qui ? La scientifique ? Alors ça, non, ce n'est vraiment pas le moment ! Seulement, j'ouvre. Je ne sais d'ailleurs pas pourquoi j'ouvre. Sans doute pour oublier ce que je viens d'entendre ou alors parce qu'une part insensée de moi veut encore croire au retour de Lisa. Et là, tout va si vite que je n'ai même pas le temps de me défendre. L'homme qui me fait face est si grand. Je ne l'ai jamais vu. Avec une force redoutable, il se rue sur moi, me colle à terre et se met à me frapper en hurlant.

« Hein que tu l'as vue dans le cabanon ? Dis-le !! Dis-le que t'as entendu ses cris et que t'as rien fait ! Espèce de salaud ! Si tu crois que tu vas t'en sortir ! Je vais te faire parler, moi ! Je vais te faire cracher ta merde ! C'était ma gamine ! Ma gamine, t'entends ? Pourquoi t'as rien dit ? Qu'est-ce qu'elle t'a fait, ma petite Zoé ? Qu'est-ce qu'elle... »

Deux gendarmes ouvrent la porte, foncent sur lui et l'immobilisent. Deux autres m'aident à me relever. Je m'appuie contre le mur pour reprendre souffle. J'ai la joue et l'œil droit tuméfiés, la lèvre inférieure en sang. L'un d'eux me prévient de l'arrivée d'une ambulance. Je fais signe que ce n'est pas la peine. Il insiste tout en m'adressant des excuses. L'homme était vraisemblablement aux aguets et il a dû profiter du changement d'équipe pour venir m'agresser. Je voudrais qu'il se taise. Que plus personne ne me donne d'explications. Sous mes yeux, les gendarmes le menottent. En larmes, tête baissée, il passe devant moi sans dire un mot.

« Monsieur, vous m'entendez ? »

Le sourire éclatant de sa fille, son sweat jaune vif sur les photos.

« Je vous disais, il va falloir nous suivre pour déposer votre plainte.

– Non. »

Le gendarme se demande s'il a bien entendu. Il n'a pas la moindre idée du nombre d'après-midi que j'ai passés au cabanon avec Guy en juillet 2015, des bières qu'on y a bues ensemble, du bois qu'on y a coupé, des sauterelles, des mantes, des coléoptères qu'on y a attrapés, heureux, si heureux bon sang... Il me fixe, déconcerté.

« Vous ne souhaitez pas porter plainte ? »

Ce rugissement quand le père de cette pauvre gamine m'a vu, pourquoi seulement n'a-t-il pas frappé plus fort ?

« Non.

– Mais monsieur...

– Partez maintenant. Tous. »

Blanc.

Je rince ma lèvre. Je fixe longuement mon œil boursouflé dans le miroir de la salle de bains. Plus tard, je marche dans la maison en demandant pardon à Zoé. Puis, je descends dans mon atelier, j'ouvre le double battant arrière qui donne sur la forêt. Je me dirige vers les trois cloches où je retiens mes coccinelles, mon sitaris et ma mante. Je les soulève et, sans rien ressentir, je les libère et les regarde s'envoler. Après, je monte dans ma chambre et je commence à rassembler quelques affaires. Le soleil inonde la pièce. Je suis en nage. Dehors et partout en France, c'est la canicule. Puis je balance mon sac dans ma voiture et je démarre.

À la vue de mon véhicule, les journalistes, aussitôt, accourent. Foncer, fendre leur foule et qu'importe leur masse. M'arracher à eux tous.

À leur acharnement

Ou alors couler à pic comme elle, ma mère, le visage fermé, buté devant les portes.

Je pars donc. Les plantant tous : les épouses, les fils, les chiens trépassés, les gendarmes, les collègues, les DRH, les victimes, leurs parents, les monstres, les stagiaires, les rapaces.

Et maintenant, la route. Son bitume écarlate. Toutes les bêtes à l'intérieur de la forêt et, devant moi, le vide, le ciel, les panneaux, les jonctions.

II

28

Une envie de bruyère. De jeune bruyère rose pâle sur le point de virer violette parmi les crevasses de boue séchée, les douglas et les genêts. Revenir à l'enfance heureuse. Aux courses folles à travers les prés, les ruisseaux, les collines, les pentes. À la vieille langue que plus personne ne parle, à ses « r » qui roulent comme la caillasse dans les torrents, à ses mots humides et chauds qui sentent la terre et grattent la gorge. Retrouver le goût du lait fumant, sa crème sur le bord des lèvres, boire l'eau des sources, m'allonger sous les noisetiers, les framboisiers sauvages. Tout oublier du sang. Rouler, les yeux rivés sur le bonheur passé, notre vie à trois dans la maison avec Marc et Lisa. Jules courant dans nos pattes. Guy, si fier, brandissant son panier débordant d'écrevisses, Nelly la chienne qui, effrayée par un mulot, avait fait tomber la table avec les saucisses et les salades. Le rire des filles derrière mon dos. Le rire de Marc. Tout gommer et bifurquer. Bondir là où nul d'entre eux ne pourra plus me trahir, m'abandonner.

Après treize kilomètres parsemés de ronds-points, je m'engage sur l'A28 en direction de Tours, puis, cinquante-huit kilomètres plus loin, sur l'A10/E5 en direction de Bordeaux/Vierzon. C'est là, sans logique apparente, que me revient le visage de cette ouvrière à l'usine. Son récit entrecoupé de larmes tandis que j'essayais de faire repartir sa bécane. Le père de ses deux enfants qui venait de lui annoncer son intention de la quitter. Depuis, à la maison, plus un mot, plus un regard. Elle avait beau le supplier, c'était comme s'il ne la voyait plus. Pire. Comme si, désormais, sa présence le dérangeait. Elle n'arrivait plus à avaler quoi que ce soit et elle avait perdu plus de six kilos en moins d'une semaine. Il s'en contrefoutait. Comment, après vingt ans de vie commune, un tel revirement était-il possible ? Alors qu'ils avaient tout partagé. Elle allait maintenant lui demander de partir. Tant pis pour les enfants. De prendre ses affaires, de s'en aller pour de bon. Parce qu'il n'avait toujours pas quitté la maison. Le soir, en rentrant du boulot, elle le retrouvait sur le canapé en train d'organiser, guilleret, sa vie d'après avec sa douce au téléphone. Elle aurait pu mourir devant lui, il n'aurait pas bougé. Comment avait-il pu à ce point l'effacer ? Sa presse, à présent, qui lui faisait des siennes. Elle allait lui dire de s'en aller, de ne plus chercher à la revoir. C'était la seule parade qu'elle avait trouvée. Peut-être alors réaliserait-il, n'est-ce pas ? J'avais hoché la tête, légèrement agacé. La panne était bien plus compliquée que prévu : j'avais besoin de toute ma tête pour réfléchir. Comment, de plus, avaler une histoire pareille ? Elle ne me racontait pas tout, c'était impossible. Sentant ma réticence, elle avait fini par s'éloigner et, quelques jours plus tard, par donner sa démission. À l'usine, personne ne l'avait regrettée. Elle venait d'être embauchée. Et maintenant, son souvenir sur cette route, sa détresse si proche de la mienne. Est-ce qu'au moins je l'avais réparée correctement, sa bécane ? Et son mari ? Était-il revenu ? Si seulement je savais où elle habitait. Je voudrais tellement l'entendre me dire que oui, après seulement quelques jours, il avait fini par réaliser combien elle lui manquait, qu'il était rentré, tête basse, fou d'elle, que tout était reparti comme avant. Alors, je lui demanderais pardon à elle aussi, pardon de n'avoir pas cru à son histoire. Puis, je lui raconterais tout, les guerres de mon père en Indochine et en Algérie, ma rencontre avec Lisa, la naissance de Marc, mon amitié pour Guy, jusqu'à la flaque de sang du corps d'Abdane dans la cour de l'usine, le rugissement du père de Zoé, ses coups. Et tout pourrait recommencer. Lisa me reviendrait. Je ne me souviens malheureusement plus de son prénom. Alors, la ferme tout là-bas. La ferme où brille encore l'enfance.

Quand j'arrive, la nuit est tombée depuis un bon moment. Dans le bourg du bas, je découvre, le long de la voie désaffectée de chemin de fer, une nuée de pavillons qui n'existaient pas. J'emprunte la route qui monte vers le hameau avec un serrement dans la gorge. Et si tout avait été rasé là-haut ? Si, comme ici, ils avaient tout reconstruit ? À la vue des premières maisons, mes craintes, aussitôt, se dissipent. Jusqu'au lampadaire recouvert de ronces et à la vieille boîte aux lettres, rien n'a changé. En revanche, nulle trace de vie dans les parages. Je respire à pleins poumons l'air pur, lève les yeux vers le milliard d'étoiles.

Un peu plus loin, je retrouve la grande vasque en granit du lavoir où s'écoule l'eau glacée de la source qui prend naissance une vingtaine de mètres en amont. Je m'approche pour y boire, puis j'emprunte la route qui grimpe en lacet à travers la forêt. Là-haut, à quelque huit cents mètres d'altitude, la ferme est encore là. Alentour, les herbes semblent avoir poussé, mais je n'y vois plus très bien à cause d'un grand nuage qui passe et obscurcit la lune. Là encore, nulle trace de vie. Je me gare, fais quelques pas dehors, m'allonge dans l'herbe à peine mouillée. Tout est si simple. Comment ai-je pu attendre si longtemps ? Il suffisait d'à peine quatre heures de route. Pourquoi n'avoir jamais emmené Marc et Élisabeth ? Je ferme les yeux, j'essaie d'imaginer notre maison là-bas. Tout me paraît si loin : Guy, son abomination. Pour la première fois depuis un temps qui me semble immémorial, je me sens léger. Est-ce la douceur des herbes ? Le parfum envoûtant des aubépines ? Guy n'existe plus ici et Lisa tient du songe. Il n'y a plus de fils ni aucun psy pour me faire dire combien, depuis toujours, par-delà leurs baisers, je suis seul. Seul avec eux tous, par les chemins de l'Aune et sous les couvertures. Seul. Avec eux tous que j'aime pourtant. Eux tous qui, aujourd'hui, me trahissent. Et me désertent.

Dormir à présent. Incliner le siège de la voiture. Plonger au cœur de la nuit. Attendre l'aube.

29

C'EST LE CHATOIEMENT D'UN RAYON DE SOLEIL qui me réveille. Sa chaleur délicate sur mes paupières. Quand j'ouvre les yeux, mon œil droit peine à répondre. Dans le petit rectangle du rétroviseur, je le découvre encore plus gonflé que la veille. Légèrement bleuté aussi. Je m'étire doucement. Dans une lumière d'or, la ferme de mon enfance se dresse devant moi. Partout alentour, les herbes gorgées de rosée étincellent. Personne ne les a coupées depuis longtemps. Je me redresse un peu. J'ouvre la porte. Je sors. Sous mes pieds nus, la terre se fait humide. Je m'y enfonce en cherchant la fraîcheur. En face, le massif du Sancy est environné de brume. Il fera beau aujourd'hui et sans doute, une fois de plus, très chaud. Il n'y a pas un souffle de vent. Les arbres sont comme figés. Je lace mes chaussures, jette un œil dans les prés en contrebas à la recherche d'un troupeau. Pas l'ombre d'une bête. Je me dirige vers la ferme. La porte principale et les fenêtres ont été obturées par des planches clouées de travers. Je contourne le bâtiment dans l'espoir de trouver une issue, mais là aussi quelqu'un a pris soin de condamner toutes les entrées, soit à l'aide de planches, soit à l'aide de parpaings. Dépité, je me dirige vers la grange. La grande porte en chêne est encore là, branlante. Aussitôt, face à elle, j'entends les cris de mon grand-père pour faire manœuvrer ses deux vaches à l'avant de la charrette.

« Allez ! Allez ! Allez ! »

À l'époque, peu étaient assez riches pour s'offrir des bœufs, et puis les vaches avaient un avantage : elles faisaient des veaux. Les jours de fanage, je le revois armé de sa grosse fourche pour charger les andins tandis que, derrière lui, j'avais pour mission de râteler les brins épars. Rien ne devait se perdre, c'était la consigne. Le soleil me cuisait la peau. J'avais soif. Avec quelle fierté, pourtant, je chargeais à mon tour dès que j'avais regroupé l'équivalent d'une fourchée. Une fois la charrette pleine, on se rendait à la grange et c'est là que les complications commençaient. Pour faire entrer la remorque, les bêtes devaient faire demi-tour et marcher à reculons. Même si Raymond les avait dressées pour cela, la partie n'était jamais gagnée d'avance. La remorque était très lourde et les vaches savaient qu'elles allaient devoir forcer pour la faire passer. De plus, au moment du franchissement de la porte, elles allaient devoir faire preuve d'une très grande précision pour ne pas coincer la charrette.

« Allez ! Allez ! Allez ! »

Plus les vaches s'approchent de la grange, plus Raymond leur crie dessus afin qu'elles fournissent un ultime effort. Enfin, la remorque s'engage. Quand ses bords touchent le chambranle, mon grand-père voit rouge. Puis, le miracle survient. L'attelage, enfin, s'engouffre et disparaît. Le temps est comme suspendu. On se regarde tous les deux, puis je le vois foncer à l'intérieur, monter sur la carriole et se mettre à décharger. Aussitôt, je saute à pieds joints sur le foin qu'il balance pour le tasser. Là aussi, la consigne est sans appel : il faut remplir la grange au maximum.

Certaines années, le fourrage était si médiocre qu'on devait y ajouter du sel pour que les animaux le trouvent meilleur. Une fois la charrette vidée, on repartait illico au champ. On enchaînait ainsi parfois deux, trois, voire quatre remorques en une seule journée, puis le soir venait. Il fallait alors rentrer les bêtes à l'étable. À l'heure du souper, Raymond me tendait mon bol de soupe.

« *Mingia*, mon petit. »

Une fois au lit, je m'endormais aussi sec.

Les jours filaient. Je n'attendais plus rien. Ni le retour de mon père, ni le bonheur de ma mère. Plus tard, c'était une évidence, je vivrais ici.

Je pousse légèrement la porte. Elle résiste en tremblant. Je la caresse du doigt, souris en découvrant la trace d'un reste de peinture rouge. C'était moi, dans le magasin, qui l'avait choisie. Raymond n'avait pas bronché. Il m'avait fallu une semaine pour entièrement la repeindre. Le dernier jour, Raymond avait longuement examiné mon travail, puis il s'était avancé et avait posé sa lourde main sur mon épaule et j'avais su qu'il était content. Peu de temps après, il est parti et tout s'est arrêté. C'était il y a quarante ans. Je venais d'avoir treize ans. Mon père a très vite vendu la ferme et, à l'époque, je n'ai pas eu mon mot à dire. Je ne sais même pas à qui elle appartient aujourd'hui. Vu l'état, elle est sans doute à vendre.

Je pousse un peu plus fort la porte, parviens à y passer la tête. À travers la pénombre, je distingue une vieille bâche en plastique, quelques tuyaux de ferraille, la carcasse d'une carriole. Tout semble à l'abandon depuis des années. Je contourne une deuxième fois le bâti principal dans l'espoir de trouver une brèche pour y jeter un œil. Sans succès. Le poêle est-il encore là ? Et la charpente dans la pièce du haut où je dormais ? Peut-être quelqu'un pourra-t-il me renseigner au hameau, me dire si, à l'intérieur, tout est resté semblable ou si tout a été démoli, si des enfants, comme moi, y ont vécu, s'ils dégringolaient l'escalier à la même vitesse, en poussant les mêmes cris. Même pour les vaches, je n'ai rien su. Combien de fois j'ai harcelé mon père à leur sujet. L'acheteur lui avait-il fait la promesse de veiller sur elles ? Et sinon, qu'étaient-elles devenues ? À chaque fois, il s'irritait davantage. Qu'est-ce que je cherchais avec toutes mes questions ? Tout n'était-il pas déjà assez difficile comme cela ? « Ton grand-père est mort.

« Mort. »

Répétait-il.

« Un point c'est tout. Alors ses vaches... »

Il était grand temps que je tourne la page.

En descendant la route à pied, je surprends deux chevreuils dans un pré. À ma vue, ils détalent. À travers les herbes, je vois leurs deux culs blancs bondir pour finir par disparaître. Raymond les détestait.

« Des bouffeurs d'arbres, voilà ce que c'est. »

Moi, non, je les aimais. Haut dans le ciel, le cri lancinant d'une buse. Puis, à nouveau, le silence. Pas un nuage. La chaleur monte. Enfin, j'atteins le lavoir. Je retire ma chemise, m'asperge d'eau glacée en pensant à Marc sous les pluies torrentielles de Hanoï. Il aurait tellement aimé la vie ici. Je plonge la tête dans la vasque, m'amuse, comme quand j'étais gosse, à tenir sous l'eau le plus longtemps possible, ressors au tout dernier moment pour happer l'air avec force. Puis, je m'allonge au soleil, observant, une à une, sur ma peau, les gouttes s'évaporer. Autour de moi, le vol d'une guêpe, le chant d'une mésange bleue, l'apparition d'un lézard des murailles. Henri VIII peut aller se faire foutre, les journalistes et tous les DRH. Après une longue pause, je finis par me relever et par reprendre ma route.

Dans le hameau, pas âme qui vive. Ce n'est pas faute d'avoir frappé aux portes. Je m'apprête à quitter la ruelle quand un grondement me fait me retourner. À la vue d'une dizaine de vaches cavalant droit sur moi, je me plaque contre le mur. Leurs flancs me frôlent. C'était moins une ! À quelques mètres derrière elles, un jeune paysan, surgit, bâton en main.

« Je suis vraiment désolé. D'habitude, il n'y a jamais personne ici. Pas de mal au moins ?

– Non, non, tout va bien. »

Il s'approche, me dévisage, suspicieux tout à coup.

« Vous êtes à pied ?

– J'ai laissé ma voiture plus haut. Vous savez si quelqu'un habite encore le hameau ? »

Il fronce les sourcils.

« Un problème ?

– Non, pourquoi ? »

Devant lui, les bêtes s'énervent.

« Oh ! Oh ! Par là j'ai dit ! Non mais je vous jure ! Avec la canicule, elles deviennent folles. Qu'est-ce qui vous est arrivé ? »

Je le regarde sans comprendre.

« Là, à votre œil et votre lèvre. »

Mon rire part tout seul.

« Pardon, oui, bien sûr. Je... Je suis tombé à vélo hier. »

Il n'a pas le temps de me sonder plus avant. Trois de ses vaches filent vers la route.

« Tenez ! Qu'est-ce que je vous disais !

– Restez, je vais les chercher. »

Il me regarde, interloqué.

« Ne vous inquiétez pas. J'ai appris quand j'étais gosse ! »

Je pars en courant sans lui laisser le temps de réagir. À ma vue, les trois fugueuses s'affolent. Normal, elles ne me connaissent pas. Avec un bonheur rare, je pique un sprint, les dépasse, lève les bras pour les empêcher d'aller plus loin. Elles s'arrêtent net. Sans les lâcher des yeux, je m'accroupis lentement, ramasse un bâton qui traîne et me redresse.

« Demi-tour maintenant ! Allez ! Allez ! »

Apeurées, elles font un bond et se rassemblent. Il ne me reste plus qu'à les obliger à faire volte-face. Je les contourne, frappe gentiment le flanc de la première, qui, rapidement, obtempère. Aussitôt, les autres suivent et partent au trot rejoindre le troupeau. Le paysan, ravi, m'accueille sans plus aucune défiance.

« Ma parole, vous avez fait ça toute votre vie !

– J'aurais voulu, cela ne s'est pas fait. »

Il me tend sa main

« Moi, c'est Frank, et vous ?

– Thierry. Vous les conduisez où comme ça ?

– Là, dans le pré du bas. Avec cette foutue sécheresse, je suis obligé de les mener de plus en plus loin pour trouver de l'herbe. Si cela continue, on va devoir taper dans les réserves. Sans parler de la pénurie d'eau. À ce train-là, toutes les sources seront à sec dans moins d'un mois.

– Vous êtes sérieux ?

– Oh ! Par là, les filles ! Tenez, aidez-moi à ouvrir la clôture. Allez ! Allez ! Doucement ! Doucement j'ai dit ! Vous vous êtes perdu ?

– Non. Je venais revoir la ferme où vivait mon grand-père. Il s'appelait Raymond Clavaud. Cela vous dit quelque chose ?

– Désolé, je ne suis pas d'ici, mais de Bordeaux. Il y a cinq ans, j'ai tout lâché pour me mettre au vert : mon appart, mon boulot et même ma fiancée. Toutes mes économies y sont passées et pour quel résultat. Ces bêtes-là, ce ne sont même pas mes vaches, mais celles d'un fermier que j'aide. Les miennes, j'ai dû les revendre l'année passée. Avec la grande distribution et maintenant les accords du CETA, le gouvernement nous a bien foutus dedans. Sans parler de la météo. Quatre ans, quatre canicules ! Des dettes, voilà tout ce que j'y ai gagné. Je me suis donné à fond pourtant, seulement, pour m'en sortir, il aurait fallu que je me mette au solaire et que j'aie dix fois plus de bêtes, mais comment je fais pour me payer tout ça ? Je ne veux pas finir comme tous ces gars qui se suicident. Plus de dix en moins de trois ans dans le coin. Dix, vous vous rendez compte ? Des gars qui, en travaillant quatre-vingts heures la semaine, se retrouvent à n'avoir même pas de quoi se payer à bouffer à la fin du mois... Le dernier s'appelait Bruno, il avait mon âge. Pour moi, c'était un signe. Je ne sais pas ce que je vais faire une fois de retour en ville. Je ne suis plus vraiment habitué, mais bon... Vous habitez où, vous ?

– Dans le coin, à la campagne.

– C'est bien, ça. Il s'appelait comment déjà, votre grand-père ?

– Raymond.

– Vous dites qu'il était éleveur ?

– Il avait dix vaches, oui.

– Vous ne comptez tout de même pas la reprendre, sa ferme ?

– Non.

– Vous faites bien. Ce métier est mal barré. Et je ne vous parle pas de l'état de la planète. On se demande ce qui reste à sauver dans ce monde. Allez, cela m'a fait du bien de parler avec vous. Le moral est franchement à zéro en ce moment. Je ne sais vraiment pas ce que je vais devenir. »

Je le regarde s'éloigner. Pourquoi ne pas lui avoir tout raconté ? Et pourquoi, au lieu de crier son nom et de courir derrière lui, est-ce que je reste assis à le regarder disparaître ?

30

QUAND JE TRAVERSE À NOUVEAU LE HAMEAU, le soleil est au zénith. Sans aucun doute, quelqu'un va finir par m'ouvrir à cette heure. Mais j'ai beau toquer aux portes, les volets restent invariablement clos. Je m'énerve contre moi-même. Sur quoi est-ce que j'espérais tomber ? Je me donne une dernière chance, en partant, cette fois-ci, à la recherche de la maison de la vieille Jeanne, qui s'occupait de moi, enfant. Mais, là encore, le fiasco. Impossible de la retrouver. Mais alors où aller ? Je me sens si fragile, depuis que le paysan m'a quitté.

Après une bonne demi-heure de marche, j'aperçois enfin la ferme, au loin. Je m'avance vers elle, heureux tout à coup. Un instant, sur la route, j'ai eu si peur d'avoir tout inventé. Comment se pouvait-il qu'il n'y ait plus d'eau ? N'était-ce pas le pays aux mille sources, ici ? Comment avait-on pu en arriver là ? Mais la ferme est bel et bien là. À la vue de ses murs épais de pierre, je tressaille de joie. Non, je n'ai pas rêvé. Je ne rêve pas. Alors, sans réfléchir, j'écarte les bras et je viens plaquer mon corps contre ses pierres chaudes. Vivre à nouveau avec elle. L'accueillir tout entière. Ne plus jamais l'oublier.

31

SUR MON PORTABLE : dix appels d'inconnus, trois de mon frère, cinq de Bretan. De Lisa, rien et, bizarrement, je m'en fous. Là, c'est Marc que je veux entendre. Marc, mon fils, qui me manque soudain, peut-être à cause de l'âge du paysan, à cause de sa détresse. L'appeler. Entendre sa voix. Échanger avec lui sans le bordel de la maison ni le boucan de Hanoï entre nous deux. La sonnerie retentit dans le vide. *Cette douleur que je ressens à chaque fois que je prononce ton nom. Je t'aime si fort, si tendrement, mon fils. Pourquoi m'est-ce si difficile de dire les choses ? Au point, parfois, de ne même pas avoir l'impression de les vivre ? Tu n'entends pas le téléphone. Il doit pleuvoir chez toi, mais peut-être dors-tu avec une femme.* La sonnerie persiste. *Je t'en veux si fort d'être parti. D'être heureux sans nous.* Plus la sonnerie dure, plus elle retentit avec puissance. *Tu ne l'entends pas. Tu dors profondément. Tu es si beau, Marc. Tu es mon fils. À la maison, depuis l'arrestation de Guy, c'est le chaos. Avec maman aussi, c'est le chaos. Là encore, c'est probablement faute d'avoir su dire les choses.* La sonnerie s'éternise. *Cette peur que j'ai que tu m'oublies. Pourquoi est-ce que tu ne réponds pas ? Moi, il avait été nécessaire que je me tire de chez mes parents ou alors dépérir comme elle, saisir comme lui les armes. Tant de douleur et de non-dits. Mais toi, mon fils ? Toi, que je n'ai jamais quitté des yeux et auquel je n'ai jamais menti ? Pourquoi ce besoin de creuser une telle distance ?* La sonnerie percute le vide. *À l'usine, ils m'ont donné quinze jours contre mon gré. Maman dit que c'est à cause des horreurs de Guy . Elle dit aussi qu'elle se serait barrée de toutes les façons, parce qu'elle s'est barrée, figure-toi. C'est vrai que j'aurais dû voir. En même temps, Bretan, l'officier qui mène l'enquête, affirme que personne ne voit jamais. N'empêche. Maman veut vendre la maison et il n'y a plus d'eau ici. Je suis perdu, Marc. Tout me manque. Maman dit que j'ignore les gens. Le psy, lui, dit que je suis enfermé quelque part. Il a raison, Marc. Je suis enfermé à l'intérieur de cet amour que je vous porte. Et alors ? Est-ce un mal d'aimer si fort ? Vous êtes ma vie, avec notre maison. Pourquoi alors m'abandonner ? Et maintenant cette ferme du Mas-d'Artige où j'ai passé les plus beaux étés de mon enfance. Je pensais y trouver quelque chose. Au lieu de cela, je ne suis tombé que sur des portes closes.* Toujours la même sonnerie vrillant, tournant sur elle-même... *Je voudrais tant que tu sois près de moi. Que tu m'expliques ce qui a attiré Guy, chez moi, ce que je dois faire pour récupérer maman.* La sonnerie traverse les rues de la ville, atteint ton appartement, franchit la première fenêtre, court dans le salon jusqu'à ton corps endormi. *Marc, réponds, s'il te plaît. C'est moi, ton père, qui t'ai si peu raconté de choses sur ma vie. C'était si beau en même temps de te voir grandir. Rien ne devait entacher ce bonheur, surtout pas mon passé. Cette ferme, à présent, comme un bout de moi-même que tu ne connais pas et que je voudrais si fort partager avec toi.* La sonnerie dure et sans doute durera-t-elle jusqu'à ce que la batterie de mon téléphone soit entièrement déchargée. Tant mieux. *Cela me laisse un bon bout de temps avec toi. J'ai tellement de mal à me décider à partir. Il va le falloir pourtant. La chaleur devient intenable. Et puis, rester pour quoi faire ? Il n'y a plus personne dans le hameau, la ferme est condamnée. Si, au moins, je savais où se trouve la tombe de mon grand-père. Je suis si fatigué, Marc. Je ne sais même pas si tu es au courant. Mon père a fait la guerre là où tu es. Une guerre qu'il voulait à tout prix rendre héroïque à mes yeux. Je n'ai jamais été dupe. Derrière son rire, c'étaient des hurlements que j'entendais. Est-ce par sa faute que tout ceci arrive ?* Foutue sonnerie qui tournoie dans le vide. *Es-tu sorti ? Danses-tu avec des filles dans une boîte ? Je ne connais même pas le nom d'un seul de tes amis. Il faudrait tout pouvoir recommencer. Retourner à l'usine. Trouver les mots pour consoler ma mère. Ne jamais inviter Guy, refuser cet appel le jour où Abdane est mort, et te serrer dans mes bras, Marc. Comme je ne l'ai jamais fait. Mais tu ne décroches pas et rien ne recommence. La chaleur monte. L'herbe des prairies brûle, mon père tue, Guy tue, des guerres partout éclatent, ma mère, inconsolable, pleure, le père de Zoé me frappe, Abdane et les fillettes meurent. Il n'y a aucune réponse. Aucune issue.*

32

Je reste des heures devant la ferme, incapable d'en décoller. C'est finalement la faim qui m'oblige à lever le camp.

Arrivé à La Courtine, je longe le camp militaire, qui m'apparaît désert. À l'époque, c'étaient des milliers de soldats qui y vivaient. Dans les rues principales, on les voyait attablés aux terrasses des cafés. C'est en les découvrant que mon père a eu l'idée de faire l'armée. À cause de leur bel uniforme.

Dans le bourg, la plupart des magasins ont rendu l'âme. Même l'hôtel de l'Univers, qui, autrefois, flamboyait, tombe littéralement en ruine. Après de longs détours, je finis par dénicher une épicerie juste avant la sortie du village. J'achète un petit couteau, des pommes, un gros pain, du beurre, du jambon, un quart de saint-nectaire et un pack d'eau. À la caisse, la femme me dévisage avec suspicion.

« Je suis tombé de vélo. »

Aussitôt, elle se remet à sourire.

« On peut dire que c'est pas de chance de commencer ainsi ses vacances ! »

J'acquiesce en restant aussi distant que possible. J'ai si peur qu'elle découvre qui je suis. Tandis qu'elle scanne mes articles, j'aperçois, par une porte entrouverte, deux clients accoudés à un bar dont je comprends qu'elle est aussi la patronne. Au fond de la salle, une télé diffuse une émission culinaire auquel personne ne prête attention.

« Cela vous dérange de payer en liquide ? J'ai un souci avec la machine. Elle n'arrête pas de faire des caprices depuis ce matin. »

Je lui tends un billet de vingt euros. Elle me rend la monnaie en m'adressant de nouveau un sourire, me tend, pour « me remercier de ma gentillesse », une brochure sur le lac de Vassivière, une autre sur quelques randonnées à faire sur le plateau. Je sors du magasin, soulagé. Ici, je n'ai à redouter personne. Les loups et la horde sont ailleurs.

Une fois dans la voiture, je prends la direction de Flayat, tourne, sur ma gauche, en direction des Gorces, m'arrête, cinq cents mètres plus loin, au bord d'un champ qui surplombe la vallée. À l'ombre d'un grand chêne, je mords dans mon sandwich, puis je décide de pousser jusqu'à l'étang de la Méouze. Raymond m'emmenait pêcher la carpe là-bas. Après un long détour à travers la forêt, je le retrouve aussi sauvage qu'hier. Sous le soleil de plomb, ses eaux immenses étincellent. Je dépasse le camping, longe la digue ainsi que le restaurant dont la grande baie vitrée – aujourd'hui murée – offrait, à l'époque, une vue imprenable sur le « lac », comme aimait l'appeler Raymond. Un peu plus loin, je découvre un coin plage gratifié d'une aire de jeu avec un toboggan. Personne en vue et c'est tant mieux. À mon approche, quelques grenouilles coassent. Je me déshabille rapidement, entre dans l'eau en enfonçant les pieds dans la vase. La température est si bonne que je n'ai aucune peine à plonger la tête. C'est bien la première fois. L'eau des étangs du coin est, d'habitude, si glacée qu'on n'y reste jamais plus de quelques secondes. Je m'éloigne en nageant sur le dos. Je repense à Marc dans son appartement. À la ferme là-bas. À la tombe de Jules. Blanche. Je flotte, à la dérive, dans les eaux miroitantes, ouvre grand la bouche, y fais entrer le ciel. Je voudrais être mort tout à coup. Sentir la terre me recouvrir jusqu'à l'ensevelissement. Les fleurs pousseraient à nouveau dans le jardin de Chantal. Les fillettes grandiraient. Toutes, elles honoreraient ce rendez-vous manqué et s'élanceraient. Moi, non, je ne peux plus. Quelque chose en moi s'est arrêté depuis si longtemps. Quand exactement ? Je ne sais pas. Puis, j'ai rencontré Élisabeth et j'ai donné vie à notre maison.

Sur la berge, je me sèche, au soleil. À moins d'un mètre de moi, une naïade aux yeux rouges vient se poser sur une herbe flottante. Il s'agit d'un mâle : l'extrémité de son abdomen est bleu clair. Je la regarde avec indifférence, me prenant même à espérer qu'elle disparaisse. Ce qu'elle fait.

Vers la fin de la journée, je pars du côté des pontons où Raymond m'emmenait pêcher. Un chemin en caillebotis de bois permet de ne pas s'enliser dans la tourbière. À certains endroits, l'humidité a déjà rongé les planchettes.

Il faut alors sauter par-dessus les trous qu'elle a formés. Je marche sans trop savoir ce que je cherche. Un peu de joie sans doute. De joie qui ne vient pas.

Le lendemain, et les jours suivants, je retourne acheter des victuailles à l'épicerie. Devant sa caisse, la patronne m'avoue craindre que la canicule ne fasse fuir les gens.

« J'aime bien, moi, quand il y a du monde, enfin, du monde... c'est jamais plus que quelques dizaines de touristes qui viennent par ici en été. Vous connaissiez la région, vous, avant ?

– Un peu, oui. Je venais, enfant.

– Vous aviez de la famille ?

– Mon grand-père, oui.

– Ah oui, il s'appelait comment ?

– Raymond Clavaud. »

Elle réfléchit et j'ai comme une lueur d'espoir.

« Clavaud... Attendez voir....

– Il avait sa ferme du côté du Mas-d'Artige. Il est mort en 80.

– Non, je ne vois pas. En même temps, j'étais une gamine, et puis, moi, c'est à Magnat que j'ai grandi. Vous y êtes passé ? »

Déçu, je fais signe que non.

« Le village a du charme. Ils sont en train de refaire l'église là-bas. »

Elle ne comprend pas. C'est de lui que j'ai besoin. De Raymond, mon grand-père, de ses mains sur mes joues pour me dire combien il m'aime.

« Figurez-vous qu'il a deux clochers.

– Ah oui... ? »

Il faudrait que je parte à présent. Que je pousse la porte. Que je m'en aille sous le jour brûlant.

« Le chantier a pris beaucoup de retard, mais je suis sûr que ce sera magnifique quand ce sera fini. »

Elle voit bien que je n'y suis pas. Elle cherche des yeux un prétexte pour ne pas paraître malpolie, se tourne vers le bar.

« Vous m'excuserez, je dois aller jeter un œil pour voir si tout va bien.

– Mais bien sûr. »

Alors, elle disparaît et je démarre.

Les jours s'écoulent. Terriblement lents. Tout est si absurde aussi : la ferme que je n'arrive pas à quitter, la conviction que j'ai qu'elle va m'apporter une réponse. Où aller ailleurs ? À la maison, plus personne ne m'attend et Guy a fait un tel ravage. Alors je traîne, là, sur la petite plage de l'étang, là dans les rues désertes, là encore sur des chemins de forêt ou sur le bord de la route. Je ne retourne pas à l'épicerie et j'évite les marchés et les brocantes. Seul. Je veux être seul. Je dors dans ma voiture. Ma barbe pousse. Des miettes de pain s'accumulent sur le siège conducteur. Le temps passe. Je reste des heures à contempler l'étang. Autour de moi, des sauterelles bondissent. Je ne m'y intéresse pas. Une fois dans l'eau, je fais la planche et me laisse dériver. Le ciel, là-haut, est d'un blanc à faire mal. J'écarte les bras. Je le laisse m'avaler. Il y a un autre ici. Un autre qui aime à en mourir. Moi, non. J'ai tout enseveli. Je flotte dans le silence du monde.

Les jours se succèdent sans que je parvienne à m'en aller. La ferme est tout ce qui me reste. En dehors d'elle, il n'y a plus rien.

Jour après jour, la chaleur est écrasante. Parfois quelqu'un m'adresse la parole : une femme, à l'Inter, au rayon céréales, un pompiste à la station d'essence. Leurs voix m'arrivent comme un écho. Leurs corps aussi, leurs corps qui penchent comme s'ils cherchaient à me rejoindre.

Je suis l'enfant inaccessible. L'enfant de la mort et de l'abandon. Dehors, tout est d'une infinie tristesse : les bouteilles en plastique, les cigarettes écrabouillées, les gens terrés dans leur salon. C'est l'été pourtant. Je regarde la ferme, je m'assieds devant sa porte. Tout ce silence. Y a-t-il encore ici quelque chose à vivre pour moi ?

Tout à l'heure, face à la pente abrupte, j'ai eu envie de m'y jeter. Je marche sur un fil. Si ténu. Au Lavomatic, je fixe la mousse dans le tambour. Dans les bars, je bois des bières sans même plus penser à recharger mon portable.

À l'extérieur, la température atteint des records. Plus rien ne pousse. Tout brûle. Je regarde la ferme en suppliant Raymond de me ramener Lisa. Je longe les façades, je tape mon code dans un distributeur, je lance des cailloux. Chaque jour, la perte est plus irrémédiable. Dans la voiture, j'incline le siège. Je chasse les mouches. Si je ne veux pas tout à fait couler, il va falloir au plus vite dire adieu à cet endroit. Après, je ne sais pas. Rouler peut-être. Les fillettes ont eu si peur et il leur a fait tellement de mal.

Rouler, la vitre ouverte.
Jusqu'à l'épuisement.

33

« Si vous cherchez l'ermite, c'est pas ici ! »

Je me retourne vivement, fais face à une vieille femme qui me dévisage avec méfiance. Depuis le paysan, je n'ai jamais plus vu personne ici. D'où surgit-elle ? Et par quel moyen de transport ? Je n'ai entendu aucun moteur. Se peut-il qu'elle soit arrivée à pied ? Elle continue de me fixer, suspicieuse.

« C'est lui ou c'est pas lui que vous venez voir ? Parce qu'ici c'est une propriété privée. »

J'acquiesce, incapable de lui répondre. Ce matin, comme les trois jours précédents, j'ai démarré en pensant m'en aller pour de bon, seulement, une fois de plus, avant Aubusson, j'ai fait demi-tour et je suis revenu. Peu après, je suis parti cueillir des fleurs sauvages : un mélange de reines des prés, de campanules, d'angéliques, de bruyères et de bleuets que j'ai déposé devant la porte de la ferme en m'excusant auprès de Raymond de n'être jamais venu lui dire au revoir. Sa mort avait été si brusque et enveloppée d'un tel silence : une part de moi avait décidé de ne pas y croire. Pouvait-il, à présent, me donner le courage de partir ? *On ne se nourrit pas de ce qui est mort.*

C'était lui qui m'avait appris cela. Malgré tout, au lieu de démarrer, je suis resté des heures à fixer le bouquet comme la vieille me fixe à présent de ses grands yeux couleur lavande.

« Vous êtes sourd ou quoi ? Vous êtes chez les Gastel, c'est leur ferme ici ! »

Je sors de ma torpeur.

« Les Gastel ?

– Vous les connaissez ?

– C'est-à-dire que... moi, c'est Clavaud. Thierry Clavaud, le petit-fils de Raymond Clavaud. »

Le visage de la vieille s'illumine.

« Ça alors ! Le petit-fils à Raymond ! Non mais faut m'excuser. Je suis toute seule, moi, ici. Je préfère savoir à qui j'ai affaire. Avec les Gastel, en plus, c'est toute une histoire. Depuis que le vieux a rendu l'âme, ils sont tous à se disputer l'héritage. Et pendant ce temps, voyez-moi ça. Tout tombe en ruine ! »

Elle secoue la tête, me regarde à nouveau, se remet à sourire.

« Et moi qui pensais que vous veniez pour l'ermite. Le chemin part d'ici, seulement, j'ai plus les jambes. »

Le vieil ermite, oui, ça me revient ! Même que Raymond allait le voir de temps en temps.

« Il est toujours vivant ? »

La vieille se met à rire.

« Celui-là, non, bien sûr. Mais il y en a un nouveau. Un jeune qui a pris sa place. »

Elle me regarde, émue.

« Quand je pense qu'hier encore j'étais à l'hôpital. Cela m'aurait fait bien de la peine de vous rater, d'autant que, cette fois, j'ai bien cru qu'ils me laisseraient jamais sortir. Allez, on va pas rester dans ce four ou alors je vais me sentir mal. Cela vous irait de me raccompagner jusque chez moi ? À la maison, j'ai des biscuits et du café. »

Dans la voiture, j'apprends que son père et mon grand-père étaient amis depuis l'école. Du coup, elle a connu mon père et même Lucette, ma grand-mère, morte de maladie au tout début de la guerre. Au hameau, il ne reste malheureusement plus qu'elle. Tous sont soit morts, soit partis depuis longtemps.

« Arrêtez-vous, là. La ruelle est étroite. Je n'ai pas envie qu'il arrive un souci à votre voiture. »

J'obtempère en me gardant bien de lui dire le nombre de fois où j'ai déjà emprunté ce passage. Je lui tends la main pour l'aider à sortir. Elle me remercie, fringante.

« Mon fils est parti vivre en Amérique, ma fille, elle... Je sais jamais où elle est ni ce qu'elle fait. Mais bon, j'ai mon neveu et, aujourd'hui, je vous ai vous. Tenez, c'est au numéro 8, la petite maison avec les volets blancs. Attention, y'a une grosse marche. »

À l'intérieur, l'épaisseur des murs est telle qu'il ferait presque frais. En entrant, on tombe nez à nez sur un escalier-échelle qui, m'apprend-elle, mène à sa chambre. À gauche, c'est la pièce à vivre où trône un gros poêle entouré d'un poste de télévision, d'un vieux fauteuil et de deux chaises. En appui contre l'unique fenêtre, d'où, à travers les volets, filtre le peu de jour, une table en bois à deux couverts et, dans l'angle, le coin cuisine avec l'évier, la plaque chauffante et le frigo. Je fais un pas dans la semi-pénombre. À l'exception des bêtes, tout respire l'odeur de chez Raymond ici : ce mélange si particulier de granit, de bois coupé, de renfermé et de vieux tissu.

« Asseyez-vous dans le fauteuil. Je vous prépare le café. »

Elle va et vient dans la petite pièce en m'adressant de beaux sourires.

« Vous le prenez avec du sucre ?

– Oui, s'il vous plaît.

– Servez-vous dans la boîte. Il y en a du roux et du blanc. C'est mon neveu qui, deux fois dans le mois, me fait les courses. Un vrai ange, ce gamin. »

Elle s'assied enfin.

« Moi, bien sûr, la première chose qui me vient quand je pense à votre grand-père, c'est cette satanée histoire de vaches qu'il a toutes perdues.

– Comment ça, perdues ? »

Elle me fixe, perplexe.

« On parle bien du même ? De Raymond Clavaud qui habitait la ferme où je vous ai trouvé ?

– Ben oui, de lui.

– Et vous saviez pas qu'il avait perdu son troupeau ? »

Je la regarde, de plus en plus troublé.

« Mais non... »

Et si elle confondait ? À cet âge, la mémoire joue de drôles de tours. Elle ouvre une boîte de biscuits et me la tend.

« Tout ça, c'est à cause d'une maladie que ses vaches ont attrapée. À cette époque, personne pouvait rien contre. C'était vraiment terrible. Plus aucune ne menait son veau jusqu'au bout. Elles se sont mises à avorter les unes après les autres. À la fin, pour éviter qu'elles contaminent les autres bêtes du village, Raymond a dû les faire abattre. On était au début des années soixante. Après l'abattage, il est resté plus d'un mois enfermé dans sa ferme. Y'a pas pire chose, pour un éleveur, que de tuer ses propres bêtes. »

J'approuve, décontenancé, d'un hochement de tête.

« Et après ?

– Sans vaches, imaginez ! En moins d'un mois, il n'avait plus un sou, si bien qu'il s'est mis ouvrier aux fonderies d'Ussel. Quand ça s'est su, tout le monde a cru que c'était fini pour lui, qu'il allait même devoir la vendre, sa ferme. Il fallait voir aussi ce que c'était que de travailler aux fonderies à cette époque. Un véritable enfer. Mais il a tenu bon et, à force d'économie, il est même parvenu, au bout de six mois, à se racheter une première vache. À partir de là, il faisait l'ouvrier la nuit, et le fermier le jour. Quelque chose qui lui demandait vingt à vingt-deux heures de travail au quotidien. Dans la région, personne pensait qu'il allait tenir. Il a continué, comme ça, à racheter une vache après l'autre jusqu'à finir, au bout de dix ans, par reconstituer l'intégralité de son troupeau ! Si c'est pas une belle histoire. Tenez, rien qu'en la racontant, j'en ai les larmes aux yeux. »

Je baisse la tête, perdu.

« Je n'étais même pas au courant. »

Elle rit avec douceur.

« Les hommes de cette génération, tous les mêmes, pas le genre à aller se vanter. Prenez mon père, vous croyez qu'il m'aurait dit ce qu'il a fait pour les résistants pendant la guerre ? C'est grâce à une vieille tante que j'ai fini par savoir. En 42, figurez-vous, c'est lui qui a organisé le ravitaillement de ceux de Clairavaux et en 43... »

Je ne l'écoute plus, je pars loin en arrière. J'ai treize ans. Je ne le sais pas encore, c'est le dernier été que je passe avec Raymond. Une nuit, il me réveille en me secouant. Ses mots butent les uns contre les autres. Son regard est dément. Il a besoin de moi à l'étable. C'est tout ce que je parviens à comprendre. Mon cœur bat à tout rompre. Jamais je ne l'ai vu dans cet état. Je m'habille en vitesse. Je dévale l'escalier. Je pousse la porte de l'étable, je le rejoins devant la vache qui rue et qu'il essaie désespérément de sangler. Je m'apprête à lui prêter main-forte quand, dans la paille, la vision d'une énorme masse sanglante me cloue sur place.

« Arrive, p'tiot ! Elle a fait un renversement de matrice ! Faut l'empêcher de la piétiner ! Bouge, bon Dieu ! Je pourrai pas le faire tout seul ! Elle va crever sinon ! Et fais gaffe à son veau. Il est juste derrière. »

Je le fixe, hébété. La bête se débat en donnant des coups contre la palissade.

« Fais vite, gamin ! »

Seulement, mes yeux ne parviennent pas à se détacher de ce magma de chairs sanguinolentes et l'épouvante me gagne. Je pense au veau qui en est sorti. Au veau né de cette chose aberrante qui se répand à mes pieds et face à laquelle tout de moi voudrait fuir.

« P'tiot, s'il te plaît. »

Il pleure à présent, lui, que je n'ai jamais connu autrement que fort. Je ne peux pas le laisser comme ça. Je dois réagir. La vache, à cet instant, se calme : c'est le moment. Je cours vers lui et, là, tout bascule. Dans l'étable, la bête s'agenouille. Aussitôt, Raymond se rue sur la matrice en me criant de l'aider à la porter. J'ai treize ans. Je ne suis pas encore un homme. Je ne sais rien du corps des femmes, de leurs menstrues qui giclent, de leur vagin qui, à l'instant de l'arrivée de la vie, s'écartèle, de la naissance qui taillade les peaux jusqu'aux hurlements. Une seconde fois, mon grand-père me crie de l'aider. Je le regarde, terrifié, incapable de faire un geste. Au fond de moi, pourtant, quelque chose se lève. Je ne saurais dire quoi. Une espèce de force qui, au fur et à mesure qu'elle remonte, abolit la peur en moi. À deux pas, Raymond gueule de plus belle. Ce désir furieux que j'ai soudain de sauver la vache. Comme si ma vie en dépendait. Je me vois foncer, je fonce et, sans plus réfléchir, avec une rage vieille d'un milliard d'années, je plonge mes deux bras sous la chose. Seulement, elle est si molle et si gélatineuse qu'elle me glisse des mains. Raymond me supplie de faire attention. Le tissu est fragile. Il peut se déchirer. Il me gueule aussi de faire vite. Trois fois, on recommence, trois fois l'enveloppe gluante me glisse des mains. Je suis hagard, couvert de sang. Pour la quatrième fois, nous nous y reprenons et là, enfin, je parviens à la saisir. Ce qu'elle est lourde, bon sang ! Tout vacille. Cette force en moi, cependant, et à laquelle je me cramponne. Cette force qui irradie. Sous mes yeux abasourdis, Raymond s'applique à remettre la matrice à l'intérieur du cul de la bête. Peu à peu, elle s'enfonce jusqu'à tout à fait disparaître. Nous avons réussi. Raymond n'en revient pas. Dans l'étable, la bête se relève et nous regarde. Dehors, la nuit est béante. Je suis trempé de sang. J'ai soif et terriblement chaud.

34

Elle ne veut pas que je parte, invente mille prétextes pour me retenir en s'excusant encore de m'avoir embêté avec l'histoire de son père. Elle est si seule. Elle n'a plus l'habitude. Tandis qu'elle part réchauffer la cafetière, je repense à Lisa. À la vie que serait devenue la mienne sans sa présence à mes côtés. Je m'imagine dans une petite maison comme celle-ci. Mes soirées devant la fenêtre. La semaine, au boulot, à échanger le moins possible. La vieille revient chargée d'un plateau avec quelques fruits. Aurais-je fini comme elle ?

« Par hasard, vous vous y connaîtriez pas en chaudière ? La mienne goutte et l'eau n'arrive plus bien chaude. »

Je la suis dans la salle de bains, comprends rapidement qu'il s'agit d'un problème lié à l'encrassage du conduit de raccordement.

« Je vais avoir besoin de la notice, vous pouvez me l'apporter ?

– Je l'ai perdue, mais mon neveu a réussi à la retrouver avec l'Internet de son téléphone. Vous en avez un qui fait ça ?

– Oui, mais il faut que je le mette en charge. »

Elle rougit, gênée.

« Si c'est trop compliqué, dites-le-moi, j'appellerai le réparateur.

– Ne vous inquiétez pas. C'est mon boulot, dans la vie, de réparer les machines. »

Je suis si bien, en plus, ici, à sentir sur moi ses sourires qui, peu à peu, me réchauffent. Mieux. Me retiennent à la surface. Et, tandis que je me mets à réparer sa chaudière, à l'entendre, à présent, me raconter la peur qu'elle avait du loup quand, à peine âgée de cinq ans, elle devait traverser la forêt pour rejoindre son école. Un loup dont le dernier, m'apprend-elle, avait été tué d'une balle par mon arrière-grand-père, le père de Raymond. Oui, je suis si bien avec elle qui, dès le premier coup d'œil, sans me poser la moindre question, a compris à quel point j'étais au bout du rouleau. Moi, le petit-fils de Raymond, qu'elle regarde avec amour. Je voudrais l'embrasser pour cela. L'embrasser comme un fruit.

« Je crois que c'est bon. Essayez pour voir. »

Elle ouvre le robinet, y passe la main pour vérifier la température.

« Vous avez réussi. »

Et maintenant ? Je voudrais tant rester avec elle et sa coulée d'histoires qui me retient au monde. Elle s'empare de son sac.

« Je vous dois combien ? »

Je fronce les sourcils.

« Ah, non, pas de ça entre nous ! »

Elle me lance un regard, émue.

« Bon, je vous mets un petit pâté pour la route alors. C'est du fait maison. Et je vous rajoute un morceau de pain. »

Dans le salon, elle me tend mon téléphone en me faisant promettre de ne pas rouler trop vite dans les virages.

« On ne sait jamais. Des fois qu'il y aurait un tracteur... »

Elle me raccompagne à la porte et l'ouvre. Aussitôt, l'air brûlant s'engouffre. Pourquoi est-ce que je ne l'embrasse pas quand tout de moi le désire ? Elle saisit mes mains, s'y cramponne un instant.

« Vous reviendrez ? »

Cette tristesse qui cogne. Il faudrait la serrer tout entière. Trouver le chemin des larmes. Au lieu de cela, je m'écarte. Derrière mon dos, je l'entends refermer le loquet. Cette froideur en moi. La même que celle de Guy ?

Plus je m'éloigne, plus je m'enfonce sous les couvertures. Combien de cadavres retrouvés depuis que je suis parti ? Combien de tranchées supplémentaires dans leur jardin ? De terre retournée ? De parents qui veulent me démolir ? Sans doute n'aurais-je jamais dû quitter la maison. Où est-elle, cette force qui, dans l'étable, m'avait affranchi de toute peur ? La fureur du réel fait si mal. Qui, aujourd'hui, pour me sortir de là ? J'entre dans la voiture, je regarde autour de moi. Je suis au seuil du monde, face au magma sanglant. À l'intérieur peut-être. Petit veau coupable de toutes les morts vécues. De toutes les morts à venir. Je mets la clef dans le contact. Je ne la tourne pas.

Qui pour me venir en aide ? Toi, Lisa ? Si cela se trouve, tu as profité de mon absence pour reprendre tes affaires et vider la maison. Alors qui, bon sang ? Qui, par-delà les morts, et dont les yeux ne se détournent pas devant mes larmes d'enfant ? Et, soudain, cette idée. Je sors de la voiture, je cours en sens inverse. Son visage, à ma vue, qui s'éclaire.

« Vous avez oublié quelque chose ?

– Je voulais savoir si c'était possible d'aller le voir.

– Qui donc ?

– L'ermite. »

Elle me regarde avec malice.

« Là, maintenant ?

– Oui. J'aurais besoin de lui parler.

– Ma foi, vous pouvez essayer. Mais, si j'étais vous, j'emporterais de l'eau et de quoi me nourrir, et puis un sac de couchage ou alors une couverture. Vous en avez ?

– Une couverture, oui. Mais, pour y aller, je fais comment ?

– Entrez, je vais vous faire un dessin. Vous verrez, c'est pas compliqué, surtout pour vous qui connaissez le coin. Tiens, j'en profiterai pour vous donner un pain que vous déposerez devant sa porte, vous voulez bien ?

– Bien sûr. »

Elle me sourit, mystérieuse.

« Je suis bien contente que vous vous soyez décidé. »

35

SUIVANT SES INDICATIONS, je coupe à travers bois, pour atteindre, en moins de quarante minutes, le sommet de la première colline. Là-haut, la vue est si dégagée que je peux distinguer, à l'horizon, les formes bleutées des volcans d'Auvergne. Je balaie du regard les environs à la recherche de la ligne à haute tension que la vieille m'a dessinée, la découvre, plus loin, en contrebas. Je dévale la pente de la combe, rejoins, le souffle court, le premier pylône, que je dépasse pour m'enfoncer, à nouveau, dans la forêt. Pas un coup de feu depuis que je suis parti. Je dois, toutefois, rester sur mes gardes. Dans ces parages, les chasseurs ne s'attendent pas à tomber sur un randonneur : au moindre mouvement suspect, ils ont la gâchette facile. Je longe le ru à sec, tombe sur la maison abandonnée et, toujours en suivant son dessin, attaque le deuxième sommet par la coupe, sur ma droite. Cette ascension s'avère bien plus ardue que la première tant les genêts ont pris d'assaut le moindre espace entre les jeunes épicéas. J'ai beau me protéger de mes bras, de partout les épines me lacèrent et se fichent dans ma peau au point de me donner envie de renoncer. Depuis combien de temps la vieille n'a pas pris ce chemin ? Coup de chance, je tombe sur des crottes de sanglier dont je me mets à suivre la trace. Après seulement quelques mètres, le taillis s'ouvre pour déboucher sur la forêt, où je retrouve avec bonheur l'ombre évasée des douglas, la douceur de leurs brindilles sous mes pieds : tapis moelleux qui absorbe tout. Arrivé en haut, je dévale la deuxième combe avec presque un sentiment d'ivresse. À coup sûr, cet ermite va enfin me donner des réponses. Il va savoir me consoler.

« C'est un clairvoyant, comme l'autre. Un homme habité.

– Habité ?

– Habité par Dieu, oui, vous verrez. »

Tout en bas, c'est l'étang où plus personne ne se rend depuis qu'un chêne, en tombant, a entravé la seule route qui y menait. Je m'allonge dans l'herbe pour reprendre mon souffle et profiter de la beauté du ciel qui, déjà, a viré or. À la surface des eaux, tout flamboie. Je me relève et repars à grandes foulées, plus confiant que jamais. D'après le plan, je ne suis plus très loin. J'emprunte la route abandonnée et, juste après le chêne, bifurque sur la gauche pour, à nouveau, plonger dans la forêt. À partir de là, c'est plein est, tout droit, pendant un bon kilomètre. Je saurai très vite si je me trompe, car, au-delà, c'est le camp militaire qui s'étend sur plus de six mille deux cents hectares. Pour empêcher toute intrusion, des panneaux « danger » et « interdit d'accès » avisent les promeneurs tous les trente mètres. L'ermite a bien choisi son coin. À l'exception d'une ou deux fois par an, le camp reste aux trois quarts désert. Il y a rarement du monde ici.

À travers les cimes, le soleil descend peu à peu, éclaboussant, par flaques, les mousses et les lichens. Plus je m'enfonce, plus la forêt se densifie. La lumière, de plus en plus étroite, gicle, obstinée, formant, là, sur les troncs, là, sur l'humus et les fougères, d'innombrables éclats qui me font penser à la beauté d'un paysage de songe. Après quelques errements, il me semble enfin apercevoir un pan de mur à travers le feuillage. Je m'avance prudemment, de peur de déranger l'homme. Juste avant que je ne la quitte, la vieille a insisté :

« Vous faites le moins de bruit possible et, surtout, vous ne vous mettez pas à l'appeler, pire, à toquer à sa porte.

– Mais comment je fais pour lui dire que je suis là ?

– Il sait quand quelqu'un vient. Je ne sais pas comment, mais il sait. Une fois que vous y êtes, vous n'avez plus qu'à attendre.

– Et... s'il ne sort pas ?

– Il sortira. Seulement, parfois, cela peut être long.

– Long comment ?

– Long comme il a décidé que ça soit.

– Et s'il n'est pas là ?

– Il est toujours là.

– Il ne s'en va jamais ?

– Non.

– Mais... comment il fait pour manger ?

– Je ne sais pas. Personne ne sait. L'autre, d'ailleurs, le vieux que Raymond a connu, c'était pareil. »

Je fais encore quelques pas en évitant de faire craquer, au sol, les feuilles et les branches sèches. La masure, enfin, se dresse devant moi avec sa porte branlante et ses vieux murs de pierre couverts de ronces et de houx. Est-il vraiment à l'intérieur ? J'ai beau m'approcher au plus près, je n'entends pas un bruit. Pas même celui d'une respiration. Je regrette tout à coup de ne pas avoir posé plus de questions à son sujet. Devrai-je me signer avant de lui parler ? Me courber ? M'agenouiller ? Et s'il exigeait que je lui récite une prière ? Je ne me souviens d'aucune, pas même du Notre Père. Combien de temps et où va se passer l'entretien ? Devrai-je le payer ? Le ciel, à travers le foisonnement des branches, prend une couleur de feu. Je sors le gros pain de mon sac, le dépose aussi discrètement que possible devant sa porte. M'a-t-il entendu ? Peut-être devrai-je ajouter ma bouteille d'eau ? La terre est si crevassée par endroits. J'hésite et finis par renoncer. Ce type de bonhomme pourrait mal prendre le fait que la bouteille est en plastique.

Le soir descend lentement. Je décide de trouver le mirador dont m'a parlé la vieille et qui, autrefois, servait d'affût aux chasseurs.

« Si le soleil est couché, vous irez dormir là-bas.

– Mais s'il décidait de sortir à cet instant ?

– Cela n'arrivera pas. Il ne sort jamais la nuit. »

Je n'ai pas fait trente mètres que je tombe dessus. Pour y accéder, il faut gravir une longue échelle aux barreaux parfois cassés. Là-haut, un simple auvent me sert de toit. La vue est plus dégagée et il fait un brin plus frais.

Je dépose mon sac sur la petite plateforme, y déroule ma couverture, mords dans un bout de pain tandis que les premières étoiles percent dans le ciel. Dès demain, tout sera réparé. L'homme a déjà opéré des miracles. La vieille me l'a affirmé. Un mot de lui : la vie d'avant, par-delà tous les crimes, pourra reprendre son cours, à condition, bien sûr, d'offrir des cierges aux saints et à la Vierge. Ce que je ferai et même plus s'il l'exige. J'ai si fort besoin de sentir la peau de Lisa contre moi, la courbe chaude et douce de ses hanches. A-t-elle enfin compris combien je l'aime depuis toujours ?

La nuit, tout doucement, s'empare du monde. Je suis si proche du but. Je voudrais presque rire soudain.

36

JE SUIS REVENU DÈS L'AUBE, le cœur battant. Devant la porte, le pain avait disparu ; il était bel et bien là. Face à l'entrée de sa masure, je me suis assis par terre contre le tronc d'un chêne et, rempli d'espoir, j'ai attendu.

Le soleil est maintenant haut. Dans la forêt, il fait si chaud que toute vie est comme suspendue. Les oiseaux ne bougent pas. Les insectes se terrent. J'ai beau lever la main, je ne sens pas le moindre souffle. Il ne me reste plus d'eau, j'ai soif, mon estomac gargouille. L'excitation des premières heures fait place à une impatience grandissante. Qu'attend-il pour me parler ?

Il est bientôt midi passé. Plus l'attente se prolonge, plus l'endroit m'apparaît hostile. La terre exsangue, privée de toute humidité. Les ronces, les branches partout tordues, emmêlées. Sous la lumière crue, leurs ombres, au sol, quasi monstrueuses. Que cherche-t-il à la fin ? Ne voit-il pas que je commence à me sentir mal ?

Vers 16 heures ou peut-être 18 heures – je n'ai plus la notion du temps –, je finis par m'assoupir quand un bruit me fait lever la tête. C'est lui. Je vois son ombre et bientôt, comme folle, sa silhouette, avec ses yeux exorbités, sa chevelure hirsute, sa peau absolument crasseuse, ses gestes désarticulés, tous les lambeaux de sa tunique. Je me redresse, horrifié. Jamais je n'ai vu un homme aussi hideux. Fuir ? Trop tard. Il arrive droit sur moi et, dans ma tête, tout s'affole. Cet air de rage avec lequel il me fixe. Par où commencer face à une telle démence ? Vite, retrouver le fil de mon histoire. Guy, les fillettes, Lisa, la maison... Mais je n'ai pas ouvert la bouche qu'il lève très haut son bras vers la lumière des cimes. Bouche bée, je le regarde faire en essayant d'articuler un début de première phrase, quand soudain, à une vitesse effarante, son bras, sa main, à une vitesse que je ne comprends pas tandis que j'essaie de retrouver les mots en moi, ceux du gâchis, du sang et du dessous des couvertures, son bras, sa main... immenses soudain. Cinglant l'air. Mais enfin, qu'est-ce que... tandis qu'à moins de dix centimètres ses yeux féroces me fixent et que, proprement ahuri, je vois son bras... à une vitesse qui... s'abattre et me gifler avec une force redoutable.

« Il était temps à ton âge que tu saches que les ténèbres existent ! »

Non mais, qu'est-ce... Seulement, il lève à nouveau son bras. De l'autre côté, cette fois. Et tandis que j'essaie de comprendre. Juste de comprendre. De réagir aussi. De trouver l'espace pour crier peut-être. Je vois, de nouveau, son bras, sa main, cingler l'air. Furibonde. Folle. Jusqu'à mon autre joue.

« Sache que la lumière a déjà gagné ! Et maintenant, va. »

Il fait volte-face, entre dans sa masure, claque la porte derrière lui. Je reste seul, estomaqué.

Mes deux joues en feu.

37

Vitesse limitée à soixante-dix kilomètres heure. J'écrase la pédale. Deux gifles. Non mais, pour qui se prenait-il et de quel droit ? L'autre, pendant ce temps, mon fils, à s'ébahir devant des éléphants sauvages. Quelle lumière, en plus ? Quelle putain de lumière alors que la planète est en train de crever sous nos yeux et que des types comme Guy fracassent des fillettes. Non mais, il se foutait de qui ? Comme si je l'avais cherchée, cette ignominie. Comme si je l'avais voulue ! C'était pour me punir d'avoir été son ami, c'est ça ? Et la clémence là-dedans ? L'amour de Dieu ? Sa putain de miséricorde infinie ? Ah, ça, pour sûr, j'ai rien vu. Les gamines qui gueulaient. Leurs corps en train de pourrir enveloppés dans nos draps. Cent quarante kilomètres-heure au compteur. Qu'est-ce qui m'a pris de ne pas le gifler à mon tour ? Je venais avec ma peine, moi. Juste ma peine. Deux gifles ! Si c'est comme ça que ton Dieu s'occupe des hommes. J'aurais dû forcer la porte de ta masure, tiens, te traîner dehors et te... Comme si la lumière avait déjà... Non mais, t'as quoi à la place des yeux ? Avec Guy, je ne demandais pas grand-chose. Juste un ami, alors que je venais de perdre Abdane.

Depuis quand c'est interdit de réclamer de telles choses ? Deux gifles ! Quand je pense que Lisa aurait pu être avec moi. Et là, t'aurais fait quoi ? Tu l'aurais tabassée en lui sortant les mêmes conneries à elle aussi ? Déjà gagné, tu parles ! Elles sont mortes, les gamines ! Mon fils, avec ça, qui n'arrête pas de sourire et Lisa, si cela se trouve, partie avec un mec. Oh, pour sûr, avec un mec qui respecte les règles de la sécurité routière et qui ne fait pas tout crever autour de lui ! La vieille, en plus, ses volets clos, à mon retour. Morte elle aussi ? Se tirer au plus vite. N'importe où. Parce que tout brûle ici. Putain de réchauffement climatique. Qu'est-ce qui m'a pris aussi d'obéir à Valérie ? Comme s'il n'y avait pas assez de saloperies dans le monde. J'aurais dû refuser de quitter l'usine et tant pis pour les gars qui n'aiment pas mes manières. Rester à jamais à l'intérieur de la maison. Revenir pour toujours marcher au bord de l'Aune,

Au règne des libellules.

Comment la vieille avait-elle pu ? Pour me punir, elle aussi ? Mais alors jusqu'où la punition ? La route toujours très droite. De part et d'autre, des friches industrielles. De toutes les façons, ce monde, bientôt, ne sera plus. Ne sera plus, t'entends, l'ermite ? Ce monde où je roule sans savoir où aller et où j'enrage. Pas seulement moi. L'humanité. Et où, avec elle, je te maudis tandis qu'à la radio j'apprends qu'en Syrie un camp de réfugiés a été bombardé, et que dans un abattoir, aux USA, des vaches, trop faibles pour tenir debout, ont eu le museau écrasé au sol par les bottes des opérateurs, qui ont dû s'y reprendre à plusieurs fois pour les mettre à mort.

Qui pour arrêter cette orgie de sang ?
Cette orgie qui m'avale
Et que j'ai attisée ?

38

Paysage de plaines qui s'étendent à perte de vue. Je roule depuis un temps qui me semble infini. Où est-ce, ici ? Et pourquoi n'es-tu pas à mes côtés, Lisa ?

« Thierry ? »

Je détourne la tête, le découvre, ahuri.

« Abdane ? »

Il se met à rire.

« Toi alors ! Qui d'autre veux-tu que ça soit ? »

Je regarde autour de moi. Je suis dans la cour de l'usine de métallurgie où, depuis très tôt, ce matin, on intervient sur le vérin hydraulique d'une presse à emboutir. C'est une grosse pièce qui ne fait pas loin de cinq cents kilos. À peine arrivés, le patron nous a mis la pression. S'il avait fait appel à une société extérieure, c'était pour avoir du résultat : nous avions intérêt à faire vite. Après avoir disposé les barrières de sécurité, installé notre gyrophare, coupé les tabliers et la partie haute pression de la machine, on s'est mis à la démonter. Une sacrée paire de manches vu le poids des tôles. Et qui allait requérir du temps. Beaucoup de temps. Pour le déjeuner, on s'est trouvé un petit resto à l'extérieur. On avait besoin d'être seuls pour décompresser. Le patron n'a aucune idée de la difficulté de notre intervention. Il trouve qu'on est lents et gueule parce qu'il a dû nous refiler un de ses gars pour manœuvrer les pièces lourdes. Là, on s'apprête à retourner au charbon quand mon téléphone sonne. C'est le bonhomme de l'usine de cassoulet qui me demande un pronostic par téléphone. Une de ses pompes à eau disjoncte, il ne sait pas comment résoudre le problème. Je dis à Abdane que j'en ai pour une minute. Il acquiesce, tout sourire. À l'autre bout du fil, le type me passe le chef de production, auquel j'explique où appuyer pour acquitter le défaut et relancer la pompe. Le type me rétorque qu'il n'est pas technicien, qu'il n'est pas habilité... J'ai affaire à un trouillard, je commence à m'impatienter. Abdane me fait signe qu'il part en avant. J'opine de la tête et le vois disparaître. Je ne sais pas combien de temps il me faut pour convaincre l'autre con d'appuyer sur ce foutu bouton. Deux minutes peut-être. Cent vingt secondes. Et tout à coup, ce hurlement qui déchire l'air et qui me glace le sang. Au téléphone, le type me demande ce qui se passe. Sans lui répondre, je me mets à courir comme un dératé vers la salle des machines. À la vue du vérin renversé, mon cœur s'arrête net. Cette mare de sang par terre. Mes oreilles n'entendent plus. Les cris pourtant s'élèvent de toutes parts. Pétrifié, j'avance, les yeux rivés sur la flaque, puis très vite sur ce corps, *son* corps, celui de mon ami Abdane... écrasé au sol. Je m'agenouille à son côté, je hurle de faire venir un Fenwick pour le dégager.

« Abdane ? Abdane, réponds-moi ! »

Ses yeux ne s'ouvrent plus. Alors, je me redresse et j'essaie de soulever le vérin à moi tout seul. D'autres accourent pour m'aider. Mais comment faire bouger une demi-tonne à dix ! Par terre, la nappe de sang s'étend. Je m'agenouille à nouveau, je m'accroche à lui.

« Abdane, je t'en supplie, ne meurs pas. »

Le patron, si arrogant il y a peu, cherche, en larmes, à me faire reculer tout en bredouillant un début d'explication. D'après les témoins, mon collègue se serait mis au travail sans m'attendre quand son bleu s'est retrouvé coincé par une vis. Pour le dégager, il a fait un mouvement brusque qui a fait sauter une des cales sur lesquelles reposait le vérin... Sirènes au loin. Je ne veux plus l'entendre. Pourquoi l'ai-je pris, cet appel ? Et pourquoi, dans la cour, je t'ai laissé partir, Abdane ?

Dans la voiture, je fixe la route, l'œil vide, jusqu'à ce premier spasme, suivi d'un autre, puis d'un troisième. Bientôt, mon corps est si secoué que je suis obligé de m'arrêter sur le bas-côté. Mon nez coule. Je grelotte. Lisa, dis-moi que tu as appelé. Je fouille dans mes poches à la recherche de mon portable. Je l'ouvre, je fais défiler les numéros entrants. Quinze appels de mon frère, sept de Bretan, quatre de mes belles-sœurs... Je ne veux pas y croire. Voilà si longtemps que je suis parti. Je fais défiler les noms une deuxième fois. Rien. Pas même un SMS pour me dire que tu penses à moi. Énième convulsion. Je regarde le ciel, je baisse la tête. Quelque chose coule le long de ma joue. Je lève les yeux dans le rétroviseur, reste, un instant, indécis, face à ce que j'y découvre. Une larme ? Je me rapproche du petit miroir. Une larme, oui, jaillie de mon œil droit et qui descend très lentement jusqu'à la commissure des lèvres. Depuis combien de temps cela ne m'était pas arrivé ? Quarante, quarante-cinq ans ? Je la recueille du bout de l'ongle, la fais glisser sur la peau de mon doigt. Elle est si ronde et si parfaite tout à la fois. C'est que je ne suis pas tout à fait mort. Il y a encore quelque chose de vivant en moi. Écran de mon portable qui s'allume. Toi, enfin ? Je voudrais tant que tu la voies. Mais, pour la énième fois, c'est encore lui, mon frère.

« Non, mais qu'est-ce qui te prend à m'appeler comme ça ?

– Je voulais juste savoir comment t'allais.

– Comme ça, là, tout à coup ?

– Oui.

– Tu parles ! Tu veux des détails comme tous les autres !

– Quels détails ?

– Merde, Stéphane, cela fait combien de temps que tu n'as pas pris de mes nouvelles ?

– T'es où ?

– ...

– Arrive, on a des choses à se dire tous les deux.

– C'est ça, des choses à se dire !

– Viens, je te dis.

– Tu sais quoi ? Fallait y penser quand tu t'es barré en me laissant seul avec maman.

– Thierry...

– Va te faire foutre ! Allez tous vous faire foutre ! »

Route en ligne droite. J'accélère. Il rappelle à nouveau. Mais, moi, c'est Lisa que je veux. Lisa qui n'a même pas daigné me laisser un message, comme si, déjà, pour elle, c'était plié. Un petit mot, merde, qu'est-ce que cela lui coûtait ? Alors que tout de moi tremble à la seule idée de la perdre et que mon connard de frangin rappelle pour la troisième fois.

« Tu vas me lâcher, oui ?

– Arrive. »

39

Il a toujours aimé le Sud et, plus encore, la mer. Moi, non : les grands espaces m'oppressent. Il n'a pas arrêté de voyager et a même passé une grande partie de sa vie à l'étranger, quand, de mon côté, il n'y a rien que j'aime tant que de rester tranquille chez moi. À se demander ce qui fait de nous des frères.

Il est deux heures du matin quand j'arrive. Le portail est ouvert. De part et d'autre de l'allée, le parfum puissant des lauriers-roses m'étreint et m'enveloppe. Au bout, dans la pénombre, je distingue enfin les contours de sa maison, qui m'apparaît deux fois plus grande que dans mon souvenir. À l'étage, une lumière s'allume, puis celle de la grande baie vitrée du rez-de-chaussée, qui me fait découvrir, à l'extérieur, une piscine à débordement. Face à un tel luxe, je me sens déjà de trop.

« Tu as besoin d'aide ? »

Je me retourne et le découvre qui me fait face. Plus haut, plus large que moi. Plus vieux aussi. Je devrais le remercier d'avoir veillé si tard. Au lieu de cela, je jauge la monture en métal bleu ultra-branchée de ses lunettes. Ses cheveux gris parfaitement coupés. Sa peau lissée, bronzée. Il me tape amicalement sur l'épaule.

« Je suis heureux de te voir. »

Moi, je ne sais pas. Je ne sais plus.

« Tu n'as qu'un sac ?

– Oui. »

Il tend la main pour le prendre, je lui dis que cela ira. Il me sourit, désigne du doigt la piscine.

« Tu as vu ? »

J'acquiesce en silence.

« Tu pourras te baigner demain. Tu vas voir. L'eau est délicieuse. »

Comme si j'étais venu pour cela. Je suis à deux doigts de faire demi-tour. Il le sent et s'excuse.

« Cela fait si longtemps. Je ne sais pas par où commencer. Je vais te montrer ta chambre et, demain, on se parle, OK ?

– OK. »

À mon réveil, il me faut un long moment pour comprendre où je suis. La chambre est si spacieuse. Un écran ultra-plat recouvre la quasi-totalité du mur qui me fait face. Je me lève, un peu étourdi, enfile la robe de chambre en coton épais qu'il a pris soin de me laisser, ainsi que le drap de bain et le savon encore emballé dans son papier de soie. Tout cet étalage. Je me sens las déjà. Dans la salle de bains, une petite musique s'enclenche en même temps que j'appuie sur l'interrupteur. Là encore, disposés à mon attention sur l'un des deux lavabos, une brosse à dents, un tube de dentifrice, un peigne et enfin une paire de ciseaux à ongles, le tout de marque, et parfaitement neuf, comme si, avant même de nous retrouver, il fallait que j'intègre sa réussite. Après ma douche, je me tire. C'est décidé.

« Attends, ce n'était pas pour t'humilier. Reste. C'est trop con.

– T'imagines pas ce que je suis en train de vivre, alors ta piscine et tes savons d'hôtel...

– Merde, Thierry, j'ai juste essayé de faire bien. Et puis, moi aussi, tu sais, il m'est arrivé un drôle de truc. »

Ses grands yeux noirs qui me regardent, au fond desquels je me sentais si protégé, enfant. Pourquoi n'est-il jamais revenu ?

« Laisse-moi juste te raconter. Après, tu pars... »

Cette presque supplication dans sa voix, la même que celle de Bretan dans la voiture, lequel, au moment où j'avais voulu me barrer, avait attrapé mon bras en me soufflant un « restez », comme si, lui aussi, était en train de se noyer.

« Tu veux bien ? Dis-moi que tu veux bien. »

J'acquiesce, là encore, sans trop bien savoir pourquoi. La robustesse de son regard peut-être et qui m'a tant manqué. Sa profondeur aussi, malgré le kitch de sa piscine.

« C'était dans une grande ville d'Afrique. Je commandais un détachement de forces spéciales dont la mission était de faire du renseignement. Une guerre terrible venait d'avoir lieu. Avec mes hommes, je devais tenter de repérer le criminel de guerre qui avait ordonné des massacres en masse de civils tout en m'assurant que personne, dans les environs, ne cherchait à faire éclater un nouveau conflit. Cela faisait déjà plusieurs mois que j'étais sur place. Chaque jour, je récoltais le plus d'infos possible en rendant visite à différents contacts. Parmi eux, il y avait un type, Félix, que j'appréciais particulièrement. Cela faisait plus de trois mois qu'on se voyait deux à trois fois par semaine. Il était beaucoup plus jeune que moi. On se retrouvait toujours dans le même bar, pour boire, bien sûr – l'alcool délie les langues –, mais aussi pour jouer aux échecs. Depuis gosse, il adorait ce jeu et il était très fort. J'enrageais qu'un tel gamin n'ait pas pu profiter de l'école. Ses parents étaient morts et, comme beaucoup d'orphelins, il s'était débrouillé entre la rue et l'aumône de quelques oncles éloignés. Quand il m'a été présenté, il venait d'acheter une bicoque à la périphérie de la ville où, me confiait-il en riant, il ferait vivre, un jour, ses quatre futures épouses. Pour y arriver, il multipliait les jobs en s'improvisant coiffeur, garagiste et même tailleur. J'adorais sa souplesse d'esprit et son humour. Lui aussi m'appréciait. Pour preuve, il me filait d'excellents renseignements, dont l'un nous avait permis d'arrêter un groupuscule de rebelles qui fomentaient un coup d'État...

– Attends, t'es en train de me raconter quoi, là ? »

Il lève ses yeux sur moi.

« Pas une seule fois, je n'ai vu son double jeu. Pas une, Thierry. Pourtant, crois-moi, je suis un des types les mieux formés au monde à cette pratique. Quand la nouvelle m'est tombée dessus, je n'ai pas voulu y croire. Félix, le fameux sanguinaire qu'on recherchait tous ? C'était une blague. La vidéo du téléphone qu'un anonyme avait glissé dans la poche de la veste d'un de mes soldats laissait planer le doute. On y entendait la voix d'un homme qui correspondait en tout point à celle de Félix. Une voix qui donnait l'ordre de massacrer plus de cent villageois terrifiés. Les enfants en premier, pour faire hurler les femmes. Puis les vieux. Puis les maris et, enfin, les femmes, après les avoir violées. Seul hic, le salaud qui proférait ces ordres n'apparaissait jamais sur la vidéo. Nous ne pouvions donc être sûrs qu'il s'agissait de Félix. »

Il reste un moment silencieux.

« Qu'est-ce que tu as fait ? »

Il hausse les épaules, pensif.

« J'ai continué d'aller le voir comme si de rien n'était.

– Pourquoi ne pas l'avoir arrêté ?

– Parce que si nous nous étions trompés, notre vraie cible nous aurait échappé.

– C'était lui ? »

À nouveau ses grands yeux noirs posés sur moi. Si larges et tristes.

« À ton avis, si je te raconte cette histoire ? »

Je l'imagine dans ce tripot, là-bas, parlant à Félix, buvant avec lui avec ce doute à l'intérieur.

« Comment tu as su ?

– En enquêtant avec une vigilance extrême. De tels criminels ont un réseau énorme sur place. Autour d'eux, ils ont pris soin de former quatre, voire cinq cercles qui empêchent tout accès à leur intimité. Avec mes hommes, je me suis mis à étudier la moindre de ses habitudes. Plus on progressait, plus on observait un changement d'attitude chez les gens qu'on connaissait.

– Quel changement ?

– Autour de toi, un nombre de plus en plus important de personnes que tu croyais fiables se mettent à te mentir et essaient de brouiller les pistes. Un jour, Félix n'est plus venu au bar. Sans doute s'était-il rendu compte qu'on avançait à grands pas. C'était le cas. On savait, désormais, dans quelle zone il habitait et on avait une idée de plus en plus précise de qui formait son entourage. C'est là que tout a basculé. Sentant l'imminence de la menace, il a décidé de nous doubler en prenant quatre journalistes en otages : deux Américains, un Français et une Anglaise. Je ne sais toujours pas si c'est par représailles personnelles, par peur, ou pour nous montrer sa force, mais, sitôt l'info transmise, il a exécuté la journaliste anglaise, vidéo à l'appui, en menaçant d'exécuter les autres dans les douze heures. Cette journaliste, je la connaissais bien. Deux ans auparavant, nous avions eu une histoire au Tchad, et là, on s'était dit qu'on remettrait le couvert. Elle avait dix-huit ans de moins que moi. Elle était intrépide, drôle, superbement intelligente. C'est peut-être la seule femme que j'ai autant aimée qu'admirée. Elle s'appelait Jesse. J'aurais presque pu imaginer finir ma vie avec elle.

– Il l'avait vraiment tuée ?

– Oui. Mais bon, étant donné l'urgence de la situation, je n'avais pas le droit de penser à elle. Il restait trois otages en vie, c'était sur eux que je devais me concentrer. Vu le délai, je n'avais pas le temps de faire venir des forces de France. C'est donc moi et tout mon détachement qui devions basculer en cinétique, en action quoi, ce qui revenait à nous griller auprès de la population. Tout ça, bien sûr, sur ordre de Paris. »

Il regarde sa tasse, se ressert du café, fragile soudain.

« Tu es sûr que je t'ennuie pas ? »

Toute cette vie que je lui découvre. Je secoue la tête. Il ferme les yeux, prend une large inspiration.

« Quand Paris me donne l'ordre d'agir, tout va très vite. J'ai six heures maximum pour transmettre trois ou quatre options d'intervention. Dès réception, mes chefs sélectionnent celle qui leur semble la meilleure. Pour cette opération, il va me falloir un hélicoptère, un drône de surveillance, un avion de patrouille maritime, ainsi qu'un avion de chasse en alerte à une heure. Sur ce coup, bien sûr, je ne suis pas seul avec mes hommes, mais est-ce que tu veux que j'entre dans ce type de détails ?

– Vas-y, je te dis.

– La règle veut que, dans la plupart des camps militaires, plusieurs corps d'armée cohabitent. Dans celui-ci, il s'agissait, pour l'essentiel, de corps d'armée italien, anglais et américain. C'est sur leurs structures que je vais m'appuyer. Dans notre jargon, on les appelle les structures en J. Le J1 gère le personnel. Le J2, le renseignement. Le J3 et le 5 gèrent les opérations, le J4, la logistique...

– Vous partagez toutes vos infos ?

– Non, chacun se démerde pour en dire le moins possible.

– Et après ?

– Avec mes hommes, je reprends le scénario de l'action dans les moindres détails, puis on décide de qui fait quoi. Après, chacun retourne finaliser son équipement : casque balistique, gilet pare-balles, arme de poing, fusil, jumelles à vision nocturne. Là, on est à environ H + 7 de l'exécution de Jesse et je peux estimer qu'on est en mesure de partir. Je dois, cependant, attendre un nouveau feu vert de l'Élysée. Sait-on jamais, des tractations dont je n'ai pas eu vent ont pu déboucher sur la libération des trois otages.

– Et dans ce cas, tu dois abandonner ?

– Bien sûr, oui.

– Même s'il a tué cette femme que tu aimais ?

– Je suis aux ordres de l'État, Thierry. Sitôt reçu le oui de l'Élysée, nous partons en convoi de véhicules banalisés. L'idée, ici, c'est d'approcher la maison de Félix au plus vite tout en restant hors d'atteinte. On parle d'une distance de cinq cents mètres. À partir de là, on passe en infiltration immédiate. Nous descendons des véhicules et commençons à nous approcher à pied à travers les ruelles du quartier. Malgré l'heure tardive, nous croisons des gens avec lesquels, deux ou trois jours auparavant, on a échangé et blagué. Sont-ils encore nos amis ? Plus nous progressons, plus la parano grandit. Ce gamin à qui j'ai filé des bonbons hier, à qui téléphone-t-il ? Et cette femme qui agite les bras ? Un signal ? Autant, lorsqu'on faisait du renseignement de jour, c'était dans une ambiance permissive, autant, de nuit, lorsqu'à deux cents mètres de nous il y a le preneur d'otages, tout devient hostile et oppressant. Dans mon regard, les gens comprennent qu'ils n'ont pas intérêt à se mettre en travers de mon chemin, ou alors, sans hésiter, j'userai de la violence. Et qu'importe si, hier, j'ai visité leur famille, bu des coups avec eux. Si je dois tirer, je tirerai parce que ma seule mission, c'est de libérer les otages. Sous mon casque, j'ai très chaud. Mon équipement pèse une tonne. Je fais tout pour ne pas penser à Jesse. Ma vigilance et ma pression artérielle sont au maximum. Dans mon champ de vision, tout le monde devient un ennemi potentiel. Quand j'atteins la zone des cent mètres, je fais stopper la progression et vérifie, via la radio, que les véhicules banalisés, l'hélico, le drône et l'avion de chasse sont bien en place. Je préviens alors Paris que tout est prêt et, pour la dernière fois, j'attends leur feu vert. Après celui-ci, le danger est tel qu'il est très rare de recevoir un contre-ordre. Passé cette limite, je sais que je vais devoir aller jusqu'au bout. À partir de ce moment, il n'y a plus de criminels de guerre, plus de Jesse, plus de justice, plus de barbarie. Les rues n'existent plus. Je ne suis plus en Afrique. Je suis nulle part. Dans ma tête, l'action prend toute la place, je répète inlassablement le geste technique qu'on m'a enseigné pendant des années. Quelque part, c'est comme si je m'engouffrais dans un tunnel duquel rien ni personne ne doit me faire sortir tant que je n'ai pas récupéré les otages. Tout le reste n'existe pas. Avec mes hommes, on s'approche de la maison et, juste avant de l'atteindre, je fais couper l'électricité du quartier. C'est à cet instant qu'on décide de dynamiter la porte et d'entrer. Une fois à l'intérieur, chacun exécute sa mission. Moi, je me concentre sur l'escalier, un autre, sur le couloir du rez-de-chaussée, un troisième sur telle fenêtre, un quatrième, sur telle porte à l'étage. L'idée, c'est de profiter au maximum de l'effet de surprise pour sidérer puis appréhender l'adversaire. Dans ce scénario, Félix, en moins de trente secondes, se retrouve subitement dans le noir, avec un boucan du diable et quinze mecs qui déboulent. Grâce au renseignement de routine, on sait qu'il n'a que cinq hommes avec lui. Après une minute de combat rapproché, nous les neutralisons tous.

« Vous ne tirez pas ?

– Jamais, sauf si c'est nécessaire.

– Tu reconnais Félix ?

– Oui, c'est même moi qui l'attache.

– Et ?

– Et rien parce que, comme je te l'ai dit, la seule chose à laquelle je pense, c'est aux otages.

– Tu ne lui fais rien ?

– Les otages, Thierry. Rien que les otages. On trouve rapidement les trois puis le corps de Jesse dans une pièce au sous-sol. Une balle dans la tête et, quelque part, cela me soulage. J'avais si peur qu'il se soit amusé à la torturer. Nous les sortons de la maison et procédons à une rapide vérification d'identité, puis on les fait monter dans un véhicule blindé qui démarre après une nouvelle inspection de chaque recoin de la maison. Sait-on jamais. Félix retient peut-être d'autres otages. Dès cet instant, je considère ma mission comme remplie et ce, même si un nouveau danger devait mettre en péril mes hommes. Dans notre jargon, on appelle cela la deuxième lame.

– Elle arrive ?

– Non. Félix n'avait apparemment pas prévu une telle rapidité d'intervention. Après avoir balisé le terrain, je le fais monter dans les véhicules avec ses sbires et nous démarrons. Nous n'avons pas parcouru cent mètres qu'une foule nous intercepte. De quel droit s'en prend-on à cet homme ? Qui sommes-nous ? J'essaie de parlementer, le ton monte. Quelqu'un finit par balancer une pierre. Une dizaine d'hommes l'imitent. Je donne alors l'ordre de forcer le passage. Furieuse, la foule s'écarte. Ce n'est qu'une fois que nous regagnons le camp que je relâche enfin la pression.

– Mais... Félix ?

– Je l'ai envoyé en cellule.

– Tu ne vas pas le voir ?

– Pour lui dire quoi ? Que c'est dégueulasse d'avoir buté Jesse alors qu'il en a tué des centaines ?

– Je sais pas. Pour lui parler.

– Sur ce coup, tu sais, c'est plutôt à moi que j'en veux... »

Il détourne la tête, reste un long moment silencieux.

« Tu l'aurais vu sur le terrain, cette fille. Elle n'avait peur de rien... »

Ses yeux reviennent vers moi avec un sourire triste.
« Je suis sûr que tu l'aurais aimée. »

Est-ce la droiture de son récit, sa douleur si proche de la mienne, la perte de cette fille, son imposante silhouette au bord des larmes ? Je ne saurais le dire ni l'expliquer. Mais je l'enlace tout à coup et je lui pardonne tout.

40

Cette irruption de la lumière. Je voudrais ne plus bouger, goûter encore et encore à la joie de ces retrouvailles avec mon frère, nager à jamais dans les eaux bleues de sa présence.

Mais, aussitôt, la nuit s'engouffre : Bretan. Plus de vingt messages qu'il me laisse. Vingt ! Malgré des fouilles élargies, le corps de la petite Selima reste introuvable. Comment ça, si on avait retrouvé les autres ? Je me foutais de lui ou quoi ? Tous, et même celui d'une nouvelle victime. L'info était passée en boucle à la télé. En revanche, pas la moindre trace de Selima. Guy, depuis tout ce temps, qui n'avait toujours pas desserré les dents, sauf pour cracher que « cette petite salope avait bien failli s'enfuir comme l'autre qui lui avait pété sa vitre... ». Je me liquéfie sur place.

« L'autre ?

– Non mais vous les avez écoutés, mes messages ? La vitre que vous aviez réparée chez Guy, c'était la petite Violine. Elle a cherché à s'échapper. »

Le mugissement de la vague. Ses eaux furieuses.

« Mais... comment vous pouvez en être sûr ?

– Merde, Thierry, à quoi il sert, votre téléphone ? Je vous ai tout expliqué ! On a retrouvé plusieurs débris de verre tachés de son sang dans le jardin. »

Planter les doigts dans le sable, se raccrocher aux cailloux, aux algues, à n'importe quoi. La vitre était si lourde. « Ça ne te dérange pas de m'aider à la réparer, t'es sûr ? – Mais non, Guy, ça me fait plaisir. – C'est tellement gentil. Je te revaudrai ça. » Mon frère, si loin déjà, qui me demande, par signes, ce qui ne va pas. Bretan, à l'autre bout, qui continue sa litanie, et moi, si violemment aspiré, « un coup de vent et pof, elle s'est pétée, non mais je te jure, y'aurait de quoi leur faire un procès à ces escrocs ! ».

« Thierry, vous êtes encore là ? »

Ma voix. Blanche.

« La petite Violine, elle était encore vivante quand j'ai aidé Guy ?

– Il semblerait que non.

– Semblerait ?!

– C'est difficile à mesurer. On ne peut pas être sûr à cent pour cent. »

Mais alors, quand...

« Thierry, c'est de la petite Selima que je veux vous parler. Vous vous souvenez de cette fameuse nuit quand des cris vous ont réveillé ? C'était elle, et non sa chienne, comme il l'a prétendu. »

Je peine à retrouver mon souffle.

« Les cris d'une gamine, non, ce n'est pas possible, j'aurais fait la différence...

– Il était très tard, vous veniez à peine de vous réveiller. Une gamine, dans les parages à cette heure-là, c'était impensable, Thierry.

– Non mais vous vous rendez compte de ce que vous êtes en train de me dire ?

– Cela fait de vous un témoin précieux et j'ai besoin de vous. Est-ce que, demain, vous pouvez être là, à la première heure ?

– Demain ?

– Une reconstitution du crime de Selima va avoir lieu. C'est un moment important dont nous attendons beaucoup. »

Je regarde mon frère, son inquiétude sur son visage. Je reviens sur le téléphone.

« Je suis obligé de venir ?

– Nous sommes tous usés par son silence, Thierry. Le simple fait de l'obliger à revenir sur place, à refaire les gestes de son crime devant les parents de sa victime peut l'amener à craquer, qui sait, de vous revoir aussi. Il vous a si sciemment menti.

– ...

– C'est la seule fois où vous aurez l'occasion de le revoir et, sans doute, de vous sentir utile.

– Je... je ne sais pas.

– Nous serons sur place à huit heures. Je vous attends. »

III

41

À LA VUE DE MA VOITURE, les journalistes accourent sans oser toutefois s'approcher. J'ai accéléré si dangereusement la dernière fois.

Après un barrage impressionnant de gendarmes, je découvre, au loin, dans la descente, leur petit groupe rassemblé à l'arrière du jardin de Guy. À ma vue, Bretan fonce aussitôt à ma rencontre.

« Vous êtes là. C'est formidable. J'ai bien cru que vous ne viendriez pas.

– J'ai le temps d'aller me raser ? J'ai roulé toute la nuit.

– Non. Il arrive, c'est mieux que vous soyez là. »

Je détourne la tête, scrute l'allée du regard. La dernière fois que je l'ai vu, il réparait sa fourgonnette. *Tu veux un coup de main ? Non, ça ira, je te remercie.*

« Vous venez ? »

Je voudrais lui raconter l'ermite, mes retrouvailles avec mon frère, le silence de Lisa, Guy aussi, bien sûr. Guy que j'étais presque parvenu à oublier et qui, d'un instant à l'autre, va réapparaître. Il part en avant, soulève la rubalise, me fait signe de le rejoindre. Ce mannequin allongé sur la pelouse... Je me décompose.

« Faites-moi confiance, Thierry. Tout va bien se passer. »

Mon regard se porte sur le petit groupe et plus particulièrement sur le jeune couple qui fixe le pantin comme moi.

« Avec les parents aussi ?

– Ceux-là sont calmes. Venez, maintenant. Il ne devrait plus tarder. »

Sur place, il me présente comme le « voisin » à la juge d'instruction, aux deux avocats de la défense et de la partie civile, au procureur de la République, aux deux experts, aux gendarmes, ainsi qu'aux parents de la petite Selima, qui m'adressent un sourire triste. Puis le fourgon arrive. Dans un silence de mort, il vient se garer à quelques mètres de nous. Les portes s'ouvrent, et je le vois enfin. Menottes aux poings, encadré par quatre gendarmes, Guy s'avance sans paraître le moins du monde troublé. Arrivé à notre hauteur, il embrasse du regard le groupe sans montrer, là encore, le moindre embarras, si ce n'est un mouvement de surprise, quasi imperceptible, au moment de me découvrir. Je ne sais ce qui me retient de lui saisir le bras et le sommer de me regarder, moi, l'ami qu'il a trahi avec tant de violence. Il esquive mon regard, la juge prend la parole.

« Dans un premier temps, nous allons nous rendre dans la cave où M. Delric retenait Mlle Fitoussi prisonnière. Puis, nous sortirons dans le jardin pour le reste de la scène. »

Elle se tourne vers moi.

« Tenez-vous prêt dans votre chambre. Un de nos hommes va vous accompagner. Vous n'ouvrirez votre fenêtre qu'à son signal, c'est entendu ? »

J'acquiesce, silencieux. Elle fait un signe au reste du groupe.

« Très bien, alors, allons-y. »

Je regarde Guy s'éloigner avec eux. Une voix m'interpelle.

« Vous venez ? »

C'est le gendarme que m'a affecté la juge. Un jeune homme qui me fait penser à Marc. Où en est-il avec sa pétition sur la forêt ? Et son boulot ?

« Un problème ?

– J'ai oublié les clefs dans la voiture. Je reviens tout de suite. »

Je m'éloigne en me demandant ce qui se passe dans la petite cave qu'il a pris soin d'insonoriser, si ce salaud se prête au jeu, si les parents tiennent le coup. Une fois de retour, je traverse l'entrée sans même jeter un œil à la cuisine et au salon. Guy occupe toute ma pensée. Guy que je veux absolument voir craquer. Toujours suivi du même gendarme, je pénètre dans notre chambre. Étrangement, l'absence de Lisa ne m'ébranle pas, je suis même presque soulagé de ne pas tomber sur elle. Tout pue si fort depuis qu'il est revenu. Je traverse la pièce, viens me planter devant la fenêtre en espérant que le gamin ne va pas se sentir obligé de me parler. J'ai si fort besoin de l'entendre, ce silence, à l'instant même où, dans la cave, se rejoue la scène avec ses hurlements. Je tends l'oreille, j'épie le moindre bruit. Tout est si calme. Les minutes s'écoulent, interminables. Rien. Pas le moindre son. Puis, les voilà qui ressurgissent : la mère avec cette folie de guerrière dans les yeux, le père, le visage ruisselant de larmes, les autres, Bretan compris, essayant tant bien que mal de se ressaisir, Guy enfin, le regard fixe, toujours aussi sûr de lui. Je vois la juge se pencher et lui demander quelque chose à l'oreille. Impassible, il désigne du doigt le chêne planté à l'arrière de sa maison. Aussitôt, deux gendarmes viennent y déposer le mannequin. L'enfoiré, comment ose-t-il ? Derrière mon dos, le gamin reçoit un ordre.

« C'est bon, vous pouvez ouvrir la fenêtre, monsieur. »

Je m'exécute, fou de rage. La juge lève ses yeux sur moi.

« Cette position vous semble-t-elle la bonne ? »

– Non, il vous ment ! »

Malaise dans la petite assemblée. Je cherche Guy du regard. Il détourne les yeux.

« Les cris que j'ai entendus provenaient du côté opposé. Je m'en souviens très bien. Guy, pourquoi tu ne leur dis pas ? »

La juge, en bas.

« Vous confirmez, M. Delric ? »

Ce léger haussement d'épaules. Comme s'il s'agissait d'un détail insignifiant. Alors que la gosse jouait sa vie.

« S'il le dit... »

Réfréner la colère qui monte en moi. Penser aux parents, à la petite victime, à son corps disparu et sur lequel ils ne peuvent pas encore pleurer. Sur un signe de la juge, et sous les yeux indifférents de Guy, les deux gendarmes déplacent le mannequin du bon côté. La voix de la juge, un tantinet plus agressive.

« Veuillez prendre place, M. Delric. »

D'un pas tranquille, il vient se placer devant la silhouette gisante. La juge lève, à nouveau, ses yeux sur moi.

« Cette position vous semble-t-elle plus juste ? »

Battements de mon cœur qui s'accélèrent. J'acquiesce, secoué.

« Très bien, M. Clavaud. Je vais maintenant vous demander d'interroger votre voisin en essayant d'être au plus proche de ce que vous lui avez dit cette nuit-là. »

Ne pas le regarder. Fermer les yeux, me souvenir... Je dors, il est très tard et tout à coup ce cri ou plutôt ce râle qui me fait ouvrir les yeux. Une bête blessée ? Je me lève en faisant bien attention de ne pas réveiller Lisa, m'approche de la fenêtre. La nuit dehors. Béante et noire. Et à nouveau ce cri étrange. J'ouvre la fenêtre.

« Il y a quelqu'un ? »

Aucune réponse. Je regarde Guy, debout, là-bas, si raide, devant le pantin.

« Il y a quelqu'un ? »

Il continue de fixer le mannequin sans desserrer les lèvres. La juge hausse le ton.

« M. Delric, veuillez coopérer s'il vous plaît ! »

Mais c'est comme si nous n'existions plus. Comme s'il riait presque. Les deux parents, en bas, broyés. La voix de la juge. De plus en plus aiguë.

« M. Delric, qu'avez-vous répondu à votre voisin ? »

Silence assourdissant du monde. La juge, nous tous, au bord du gouffre.

« M. Delric, vous m'entendez ? »

Je ne tiens plus. Je me mets à hurler.

« Guy, réponds ! Réponds maintenant ! »

Sa silhouette, au loin, qui ne bouge pas. Les autres, tous les autres. Bouche bée. Les feuilles immobiles des arbres. Le mannequin. Nos corps. La juge à nouveau. Sa voix, suivie d'un sanglot lourd, celui du père ou de la mère, des deux peut-être, et puis, soudain, cette force inouïe en moi, cette force qui me propulse. Le jeune gendarme effaré, « mais qu'est-ce que vous... », le jeune gendarme que je pousse de toutes mes forces et qui. Les escaliers que je dévale, l'entrée, la porte que j'ouvre. Lumière, lumière du jour que j'écarte. Mon corps si effrayant soudain. Si effrayant et si rapide. Leurs yeux qui ne comprennent pas, leurs yeux, leurs corps, mais y a-t-il seulement encore quelque chose à comprendre ? Hein, Guy ? Quoi, dans ce monde pourri où, depuis la nuit des temps, tu mènes la danse et où, devant notre impuissance, les plus innocents meurent, outragés de tes mains ? Mon corps noir à présent, ma bouche, ma langue, mes dents. Noir de ce toi que je rejoins enfin, ce toi qui ne cherche même pas à m'éviter et sur lequel je me jette. Vague déchaînée et furieuse qui fonce et s'abat sur toute ta chair, Guy, ta chair sanguinolente que je veux là détruire et mordre et dépecer, moi, tous leurs cris d'épouvante dans mon corps rassemblés, moi, l'abjection, la bête, terreur béante d'elles toutes, et qui, dans un rugissement, s'écrase sur toi, Guy. Sous le choc, tu bascules et tu tombes en arrière. Au loin, comme dans un écho, j'entends la voix de la juge m'intimer l'ordre de m'arrêter. Je lève la tête, je vois des hommes, au ralenti, courir vers moi. L'espace et le temps se sont scindés. Ici, celui, fulgurant de ma haine. Là-bas, celui, distendu et si lent, de l'hébétude. Alors, enfin, je te massacre, Guy. Et avec quelle jouissance. Chaque coup que je porte est d'une violence terrible. Je vais t'éclater la mâchoire. Je vais te faire hurler, Guy. Hurler leurs noms. Hurler leur souffrance, la mienne, ta trahison. Sang qui gicle et dont je me mets à réclamer la vue. Je vais te réduire en bouillie, Guy. Te faire payer chacune de leurs morts, toi, à qui j'avais donné la place d'Abdane dans mon cœur et qui m'a tout pris, jusqu'à Lisa, mon amour. L'arête de ton nez qui se fend. Ton œil gauche qui explose. C'est fini, tu n'existes plus. Tu n'as jamais existé. Tu n'existes pas ! Leurs cris autour de moi, mais si loin, si lents. Ma rage, onde surpuissante, qui les refoule jusqu'aux confins du monde. D'une brutalité si noire, cette rage, Guy, si atrocement féroce, si éperdue. Je suis le sang qui appelle le sang, la guerre à laquelle tous succombent, l'horreur qui n'a nul nom, et quel plaisir j'ai à te fracasser quand bien même cet œil, le tien, Guy, par-delà ma fureur, persiste à me fixer, œil ébloui, presque doux, presque beau, alors que tout de moi cherche à en percer, à en crever l'immonde, espace blanc qui se lève et qui, malgré le sang, malgré mes cris, transperce la nuit tandis qu'à un rythme d'enfer je fais pleuvoir les coups et que les autres, tous les autres, courent si lentement vers moi, mais non, cette fois-ci, tu ne m'auras pas, Guy, si longtemps je t'ai laissé me regarder, si longtemps en toute confiance, c'est fini, plus jamais je ne te laisserai faire, je vais te réduire à néant, seulement ton œil, face à la vague noire, ton œil ni triste ni étonné, paisible presque, ton œil comme s'accrochant à moi et qui refuse de se fermer, ton œil si calme, Guy, si doux, alors que tout de moi voudrait le démolir, et où sans nulle colère – mais pourquoi, Guy, pourquoi est-ce que tu ne te défends pas ? – tu subis la folie de ma rage, ton œil, offrande qui me regarde et où je vois mon ombre comme pour la première fois, ton œil, presque lac à présent, transparent, translucide et duquel je crois entendre s'élever ce murmure impossible, « continue, continue », alors que tout de moi cherche l'ignoble et que les autres, toujours au ralenti, avec des gestes d'une précision extrême, s'abattent sur moi et m'extirpent, Guy, m'extirpent de ce regard, le tien, que rien de ma fureur n'est parvenu à clore et où, malgré l'horreur et tous les déchaînements, quelque chose, tout au fond, comme une presque lueur, brille.

42

La cellule n'est pas grande. Il y a à peine assez de place pour s'allonger par terre. Si je veux aller aux toilettes, je dois taper sur les barreaux, et si j'ai soif, pareil. Jusqu'à présent, aucun soulard n'est venu me rejoindre. J'attends, le regard vide, sans bien encore réaliser ce qui vient de se produire. Cette violence en moi. Jusqu'où je serais allé ? Je ferme les yeux. Je m'appuie contre le mur. A-t-il parlé au moins ? A-t-il avoué où il a enterré le corps de la petite Selima ? Je pense à la vieille devant son poêle. À mon père, si jeune, là-bas, en Indochine. À mon fils trempé de pluie. Pourquoi, à aucun moment, n'a-t-il cherché à se défendre ? Six hommes pour parvenir à m'arrêter. Six, bon sang. Et maintenant ces murs de crasse, cette sensation de froid à l'intérieur. Que vas-tu penser de moi, Lisa ?

Les heures s'écoulent. Un gendarme, enfin, surgit.

« Le capitaine Bretan est de retour et il souhaiterait vous voir... »

Il me toise avec froideur.

« Vous êtes suffisamment calmé ? »

J'acquiesce, mal à l'aise. Il ouvre ma cellule.

« Tendez les bras s'il vous plaît. »

Je m'exécute. Il me passe les menottes.

« Très bien. Veuillez me suivre. »

Dédale d'escaliers et de couloirs au bout desquels son bureau, enfin : une petite pièce sans fenêtre où, partout, même au sol, s'entassent des piles de dossiers. Lorsque j'entre, il est assis à sa table de travail. D'un signe, il prie le gendarme de nous laisser. Une fois seul avec moi, il lâche un franc soupir.

« Vous, on peut dire que vous avez sacrément déconné !

– ...

– La juge est furax. À cause de vous, nous allons devoir tout recommencer. Inutile de vous préciser que ce sera sans vous, cette fois.

– Il n'a rien dit ?

– Vous lui avez fracturé la mâchoire, Thierry !

– ...

– Vous pourriez, au moins, dire quelque chose.

– Je suis désolé.

– Cela me fait chaud au cœur. Merci.

– Non mais vraiment.

– Bon, écoutez, on ne va pas y passer la nuit. Je vous fais sortir demain. Après, ce n'est plus de mon ressort. D'un côté, la juge peut décider de vous poursuivre pour entrave à un acte de justice, de l'autre, l'avocat de Delric, pour coups et blessures. Est-ce que vous comprenez ?

– Je comprends, oui.

– Très bien. Je vous fais raccompagner à votre cellule. »

Je voudrais lui parler de l'œil de Guy. Lui demander si, lui aussi, au cours de ses interrogatoires, il y a vu ce quelque chose de si insupportablement intact qui ne me quitte plus.

« J'oubliais. J'ai demandé à l'un de mes hommes de ramener votre voiture.

– Merci. »

En le regardant se lever, je pense à toutes ces discussions que nous avons eues depuis le fameux jour où je l'ai vu surgir sur le palier. À son abnégation. À son courage aussi. Il s'approche de moi. Il me tend la main.

« Prenez soin de vous, Thierry. »

Il me faudrait le prendre dans mes bras comme je l'ai fait avec mon frère, lui dire tout le bien que je pense de lui. Je m'en trouve incapable, une fois de plus.

Retour à la cellule avec sa crasse et ses néons. La nuit entière à rejouer la même scène où, sans relâche, je frappe Guy avec la ferme intention – j'en ai de plus en plus la certitude – de le tuer. Moi, l'enfant du dessous des couvertures qui, à l'encontre du père, avait fait le serment de ne jamais user de violence. Et où, désormais, plus je le cogne, plus son œil me fixe, calme, innocent presque.

À travers les barreaux, à l'aube, un gendarme me tend un café et un croissant « de la part du patron ». Une heure plus tard, il me remet mes affaires et je goûte, à nouveau, à la liberté.

Je roule, à présent, sans bien savoir vers où parce que la maison, non, pas encore. Un tel sentiment de dégoût après ce qui s'y est passé. Appeler Lisa ? Et si elle profitait de l'occasion pour me dire que c'était fini ? J'ai tellement peur de la perdre. Rouler alors jusqu'à chez lui qui décrypte les rêves, ouvrir la porte de son cabinet, lui raconter l'ermite et, avant tout, la fureur de mes poings.

« Mais non, monsieur, vous ne pouvez pas venir à l'improviste comme cela.

– Monsieur ? La dernière fois, vous m'appeliez Thierry.

– La dernière fois, vous êtes parti en hurlant et sans me payer.

– J'ai un chéquier sur moi.

– Cela ne change rien.

– Vous m'auriez vu le frapper. Il ne s'est même pas défendu !

– Ce n'est juste pas poss...

– Cinq minutes ! J'ai besoin de cinq minutes !

– Le prochain patient devrait déjà être là.

– Qu'est-ce qui vous dit qu'il n'a pas vu cela en moi ? Qu'il n'est pas devenu mon ami pour ça ?

– Thierry...

– Merde à la fin ! C'est vous qui m'avez dit de sortir de ma carapace ! Vous qui m'avez dit de quitter ma maison !

– Voici ma carte avec mon numéro. Vous m'appelez, on fixe une date, on en reparle.

– Et si je préfère attendre ? Vous avez bien un trou dans la journée ?

– Non. Sortez maintenant. »

Dehors depuis bientôt trois heures, à espérer un désistement de dernière minute. L'intérieur de cet œil... L'abandon que j'y ai vu et où, malgré la sauvagerie de mes coups, je le rejoignais, lui, Guy, mon seul ami. Un leurre ? La porte du cabinet s'ouvre. Le patient en jogging surgit et s'éloigne. Je me décale pour trouver un peu d'ombre quand, tout au bout de la rue, une silhouette attire mon regard. Ces longs cheveux qui tanguent au rythme des talons aiguilles. Ce rouge à lèvres trop vif. Mais ce visage surtout qui me fait brusquement revenir si loin en arrière.

« Claridge ?

– Pardon ? »

Sa bouche en forme de cœur, ses cils dégoulinant de mascara.

« Mais si, on était en première au lycée Diderot ! »

« Je suis désolé, vous devez vous trompez.

– Vous ne vous appelez pas Claridge ?

– Non et laissez-moi maintenant. »

Au lycée, tous la surnomment la pute. Sur son passage, les filles lèvent haut les sourcils, les garçons, eux, gloussent. Elle, rien. Comme si c'était normal, ses faux ongles rose vif, son gloss rouge écarlate, ses paillettes dans les cheveux, ses jupes en cuir ras la culotte pour mettre en évidence la perfection de sa taille et de ses jambes, ses escarpins de soirée, ses hauts super-moulants en strass. En seconde, je la croisais à peine. Nos heures de cours ne coïncidaient pas. À vrai dire, je m'en foutais d'elle. À la maison, tout allait si mal depuis que mon père avait été gentiment « mis à la retraite ». Entre nous deux, il suffisait d'un rien pour que cela explose, quant à ma mère, ce n'était plus qu'une ombre. Ce retour définitif, espéré depuis si longtemps, arrivait beaucoup trop tard. J'en concevais une rage folle. Mon père, de son côté, ne trouvait rien de mieux à faire qu'à gueuler contre « tous ces salopards » qui l'avaient mis au ban. « Lui qui avait tant donné. » Tel un lion en cage, il allait et venait dans l'appartement, ne supportant pas de se retrouver pris au piège entre ce fils mutique et cette épouse grise. Après six mois de ce régime, nous ne nous parlions plus et je n'avais plus qu'une seule idée en tête : me tirer d'ici aussi vite que possible.

C'est lors de mon passage en première qu'elle entre dans ma vie. Le jour de la rentrée, je découvre, avec les autres élèves, qu'elle fait partie de notre classe. Nous la regardons traverser la salle et venir s'asseoir seule à une table. Les filles pouffent, les garçons la sifflent. Pas moi, elle le remarque d'emblée. Je la trouve extraordinairement jolie et je suis loin d'être indifférent à ses charmes, mais je tiens à ma bulle. Là, au moins, personne ne peut m'atteindre ni me blesser. Un jour, à la cantine, je fais tomber exprès un verre pour faire cesser les jacasseries de trois filles à son encontre. Un autre, en cours de judo, j'accepte de faire équipe avec elle afin de lui éviter les incessants tripotages des autres garçons. Dans la cour enfin, je suis le seul à ne pas la draguer ouvertement. Chaque fois que nos regards se croisent, elle me sourit. Je baisse souvent la tête, rouge jusqu'aux oreilles. Un matin, aux toilettes, je la trouve prostrée devant le miroir. Je lui demande si cela va bien. Elle sursaute violemment. Je réitère ma question. Elle me fixe, perdue, murmure que oui, puis, soudain, m'embrasse sur les lèvres et file. Je me demande si je n'ai pas rêvé, vérifie que personne ne nous ait vus. J'ai si peur que mon trouble soit perceptible. À cet âge, je n'ai pas encore passé la barrière des « palots » et je me sens extrêmement balourd avec les filles. Dans ma classe, nombre de garçons ont déjà « couché ». Je suis carrément à la traîne et j'ai très peur que cela se sache. À partir de cet instant, je fais au mieux pour dissimuler mes sentiments. Claridge n'est pas dupe et nos yeux, dans les couloirs, dans la rue, devant la porte du lycée, se rencontrent de plus en plus souvent. Mais comment oser franchir le pas avec une fille pareille en étant aussi inexpérimenté ? Désormais, chaque fois que nous nous retrouvons seuls, nous rougissons, incapables du moindre geste. Puis arrive cette soirée où, pour une fois, je suis invité. Dès la première heure, je me sens de trop dans cette ambiance festive. Je ne veux pas qu'on pense que je m'ennuie, pire, que « je les prends de haut », comme certains n'hésitent pas à m'en faire le reproche. Je me force donc à danser et à boire. J'invite même quelques filles et je me surpasse en buvant du gin au goulot. Je finis par être assez ivre, ce qui fait poiler trois gars de ma classe qui, jusqu'ici, ne m'ont jamais calculé. Sur les Eurythmics, je leur fais pousser des cris d'enthousiasme en me mettant torse nu et en me déhanchant sur la piste. Je dégueule juste après. Puis, je me ressers deux verres et je me remets à danser. Vers quatre heures du matin, nous ne sommes plus que sept dans l'appartement. Deux filles dorment dans le canapé, un type rend son âme dans l'évier. Il est temps de partir, mais les trois gars de ma classe me proposent une virée surprise. J'ai la tête dans le seau. Je dis oui. On marche environ une heure en tapant dans les poubelles et en faisant valser, à coups de pied, les détritus qui traînent. Enfin, nous atteignons l'immeuble qui les fait tous ricaner. Deux étages. La porte qui s'ouvre toute seule. Je suis trop saoul pour leur demander chez lequel d'entre eux on se rend. Un couloir sur la gauche. Une porte. Trois coups. Et nous voilà tous dans une pièce que seule la flamme d'une petite bougie éclaire. La fille, bien sûr, je la reconnais sur-le-champ. Claridge. Elle, non, trop occupée à sucer direct le premier d'entre nous. Dans la chambre, tout le monde rit. Mon cœur bat à tout rompre. Le deuxième se présente. Elle, toujours à genoux, les yeux baissés, prend son sexe dans la bouche, tandis qu'autour de moi les autres s'esclaffent. Vient alors mon tour et je crois défaillir.

« Pour lui, la salope, tu fais la totale, parce que c'est la première fois ! »

Gloussements. Elle lève les yeux sur moi et, à ma vue, ses yeux se figent.

« Allez la pute ! Au travail ! »

Il faudrait courir en sens inverse. Mais je suis si ivre et si excité par tout ce que je viens de voir. Il faudrait tomber devant elle, la face contre terre. Disparaître. Au lieu de cela, je la laisse déboutonner mon jean et commencer à me sucer. Là, dans la petite chambre. Tandis que les autres se mettent à la déshabiller devant moi. Elle, Claridge, qui rougissait à ma seule vue hier et dont la bouche, à présent, aspire mon sexe qui, en moins de dix secondes, explose dans sa gorge. Rires des autres qui, tout en continuant de l'insulter, se mettent à lui tripoter les seins, tandis que je me reboutonne et que son œil me fixe. Triste. Si démesurément triste.

43

Deux fois déjà que je contourne cette barre de dix étages où s'amoncellent, sur chaque balcon, des vêtements, des plantes, des vélos, et parfois même des lits. Partout alentour, des abribus tagués, des poubelles renversées et jusqu'à perte de vue, les mêmes barres cernées de parkings tout aussi délabrés.

Groupe d'ados sur ma droite. L'un d'eux fonce droit vers moi.

« Eh, toi ! C'est quoi ton délire à tourner en rond comme ça ?

– Je cherche quelqu'un.

– Ah ouais, tu cherches qui ?

– Claridge M. »

Il se tourne vers les autres en s'esclaffant.

« Hey les gars, devinez quoi, il cherche la pute ! »

Il me fixe, à nouveau, crâne.

« Tu vois la barre ? C'est au sixième, la première porte à droite. Et maintenant, le vicieux, tu paies.

– Quoi, je paie ?

– Le parking, dix euros.

– Quel parking ? »

Ils se mettent tous à rire. Fort.

« Le parking de la pute ! »

Les années passent et rien ne bouge. La même méchanceté. Les mêmes insultes. Je lui tends un billet et il me laisse passer en crachant par terre. Dans le hall d'entrée, un petit bonhomme assis tout seul dans sa poussette. Je lui demande si quelqu'un s'occupe de lui. Il hausse les épaules avec une moue, quand un homme très maigre, surgit, menaçant.

« Tu lui veux quoi, à mon gosse ? »

Sans me laisser le temps de lui répondre, il saisit la poussette, disparaît en gueulant dans son appartement. Le silence revient. J'appuie sur le bouton de l'ascenseur, décide, après cinq minutes d'attente, de monter à pied. Arrivé au sixième, je m'arrête devant la porte indiquée. Une porte fissurée sans sonnette et sans nom. Cette idée est si folle. Il est encore temps de tout laisser tomber. Seulement son œil si démesurément triste qui, depuis que son souvenir a ressurgi, vient, d'une façon obsédante, se superposer, s'enchevêtrer à celui de Guy. Comme si c'était elle que j'avais tabassée. Elle, son œil, celui de Guy – une seule et même supplique – et qui, sur la pelouse, dans la petite chambre, là-bas, demande réparation. Quitter ce poids en moi. Tous les poids. Je lève la main. Je cogne à la porte. Des bruits de pas et de loquet qu'on déverrouille. Elle apparaît, en robe de chambre, les cheveux défaits, une clope à la bouche.

« Oui ? »

La peau flétrie de son visage. Elle, si belle quand elle avait seize ans. Et là, comme disloquée.

« Je... Je m'appelle Thierry et je... »

Elle m'interrompt en tirant sur sa clope, nerveuse.

« C'est pourquoi ?

– Thierry, Thierry Clavaud. On était en première au lycée Diderot. »

Ce bref éclair dans son regard. Je reprends aussitôt.

« Écoute, je sais que cela fait très longtemps, mais je suis venu parce que... je ne sais pas si tu te souviens... »

Elle s'agite, tire sur sa clope une deuxième fois.

« C'est quoi, cette embrouille ?

– Il n'y a pas d'embrouille. Je venais juste te dire que... »

Mes mots qui s'emmêlent. Sa colère qui monte.

« Que quoi ?

– Que j'étais désolé et que... »

Ce tremblement dans sa voix.

« C'est une blague ?!

– Non, Claridge, je...

– Non mais qui t'a permis de m'appeler par mon prénom ? »

Sa robe de chambre trouée. Mes mots qui n'arrivent pas.

« Tu ne te souviens vraiment pas ? On avait Forge en maths et on faisait équipe au....

– Putain, mais tu vas m'emmerder encore longtemps avec ces trucs de lycée ! Tu veux quoi ?

– M'excuser. »

Elle me jauge, un instant, stupéfaite, tire sur sa cigarette d'une main tremblante.

« Pour les excuses, c'est trop tard.

– Mais...

– Dégage maintenant. J'en ai rien à foutre de tes histoires ! »

Clac de la porte qui résonne. Et maintenant ? Revenir à la maison ? Je repense à Raymond, à son histoire de troupeau perdu, à son acharnement pour le reconstituer. Je m'assieds sur les marches. Elle rouvre la porte.

« J'ai dit, barre-toi ! »

Je la regarde, très calme.

« Non. »

Son visage qui se durcit.

« Fous le camp, j'ai dit ! J'en veux pas de tes excuses ! »

Clac de la porte. Ses pas qui s'éloignent. Bruit de l'ascenseur qui monte, bruit de téléviseurs, de pleurs de bébés, de meubles qu'on déplace, de disputes, de rires. Seulement, non. Cette fois, cela ne finira pas comme ça.

Dussé-je rester un siècle sur ce palier.

Ce palier qui ne t'appartient pas, Guy. Celui de ma vie secrète où je l'attends désormais. Elle, Claridge, qui va et vient dans son appartement en se demandant ce que je fais, depuis des heures, assis devant chez elle. Qui m'ouvre à nouveau. Criant de me tirer. Qui s'y recolle deux heures plus tard. Une troisième fois enfin, tandis que la nuit tombe. Et cette fois-ci, lavée, coiffée, maquillée, avec ce mélange de désespoir et de défi dans les yeux.

« Si tu tiens vraiment à t'excuser, alors entre. J'ai quelque chose à te demander. »

44

Elle me fait signe de la rejoindre dans sa chambre, et aussitôt, elle commence à se déshabiller.

« Attends, Claridge, je ne suis pas venu pour ça.

– Tu es venu te faire pardonner, oui ou non ? »

Son chemisier qui s'ouvre. Je baisse la tête, terriblement gêné.

« Écoute...

– Tu ne sais même pas ce que je vais te demander. »

Je la regarde à nouveau.

« Je te le répète, je ne suis pas venu pour ça. »

Son chemisier qui flotte. Ses yeux qui ne me lâchent pas.

« Fais-moi l'amour tendrement. »

Sur le palier, j'avais eu le temps de tout envisager : de l'argent, des cadeaux, voire même la promesse d'une amitié. Tout mais pas cela. Avec une infinie tristesse, elle rejette ses cheveux en arrière.

« Dis que tu veux bien. »

Je pense à Lisa. À son corps chaud que je n'ai pas senti contre moi depuis si longtemps.

« Je... je ne comprends pas. »

Ses yeux qui continuent de me fixer dans la pénombre.

« Depuis que je suis gosse, tous les hommes ont été violents avec moi. »

Elle baisse la tête.

« S'il te plaît, Thierry. Juste cela. Après, on sera quittes. »

Tout ce malheur sur son visage. Marcher vers elle. Franchir le mur qui me sépare de son sourire. Traverser la forêt. Écarter les épines, les ronces. Ramasser les bruyères. Marcher encore. Atteindre cette larme qui coule le long de sa joue. Cette larme que j'essuie le plus délicatement possible et que j'embrasse avec douceur. Tout ce mal qu'on lui a infligé, nous tous, les hommes, les filles aussi, qui détournaient la tête à son passage. Crachaient. Elle se laisse regarder, tremblante. Faire étinceler sa peau. Sa peau abîmée et rugueuse. La guérir de toutes ses blessures. Alors, je viens vers elle. Vers toi. Sans désir, je viens, mais je veux si fort, soudain, te consoler. Lentement, dans la chambre, je nous déshabille et tu te laisses faire ; nous nous retrouvons nus. Il ferait presque froid si mes mains, à présent, ne te caressaient pas et si, après t'avoir allongée sur le lit, je ne te tenais pas serrée contre moi. Je ne ressens toujours aucun désir. Marcher, marcher plus loin encore par-delà la vision de tes jambes trop maigres, de tes seins trop écartés, pour rejoindre cet amour en moi entièrement offert. Je me penche pour t'embrasser, là, dans ton cou, là, dans le creux de ton épaule, là, sur ton ventre, toi, l'immobile qui se livre, étonnée, et dont je sens la peau qui commence à frissonner. Marcher, soulever les feuilles, toutes les feuilles, les faire voltiger dans les airs et, avec elles, les couvertures, la nuit opaque, marcher encore, souffler cet air chaud à l'intérieur de ta bouche, sur ton nombril, entre tes cuisses, à la porte de ton sexe. Frôler la cambrure de tes reins, l'étreindre, la relâcher. Humecter chaque baiser et, maintenant, ondoyer avec toi comme si nous étions de l'eau, comme si nous étions de l'air. Toi, cette forêt si dense, si refermée sur elle-même et que je veux ouvrir. Toi, ce chemin aussi de l'Autre que je n'ai jamais su, que je n'ai jamais pu. Toi, toute la violence du monde, toujours plus étonnée, et dont les seins commencent à durcir et dont la vulve s'entrouvre. Alors, marcher plus vite par-delà toutes les fureurs. Toi, que je ne désire pas, mais dont j'implore le pardon et qui, enfin, gémis tandis que mes mains dansent sur ton corps et que ma bouche embrasse ton sexe. Courir maintenant, presque. Enjamber les creux sans se soucier des givres. Courir dans le vent. Sans peur de décevoir, sans s'accrocher à rien. Courir. Seul et aimant. À l'encontre de la vague et de toutes les meutes. Toi qui t'agrippes à présent et que je caresse depuis tout cet amour enfoui, enseveli, que je libère, et que je pénètre le plus lentement, le plus doucement possible, telle une première fois. Rouler maintenant, rouler dans les pentes. Étreindre les mousses et les pétales. Réchauffer, panser, déblayer tout le mal, toutes les offenses. Et puis, rouler plus bas encore. Jusqu'aux étangs de vase, ton infinie tristesse, jusqu'à ton rire enfin, peut-être. Toi, cet autre que je ne soumets pas. Œil si vaste qui me regarde et auquel je demande encore et encore pardon tandis que tu jouis enfin dans la pénombre et que la digue en moi – ce si haut mur – lâche : torrent de larmes qui jaillit tandis que tu me serres et que tu jouis pour la seconde fois, toi la souillée et que, sans plus s'arrêter, mes larmes, sur tes hanches, ta bouche, emportent tout, ma forteresse et ses remparts. Combien de temps à pleurer ainsi au creux de ton épaule ? Combien d'heures jusqu'à l'aube ? Larmes, larmes de tout ce qui a durci en moi et depuis lesquelles je te demande encore et encore pardon, toi la honnie, la méprisée, larmes du petit garçon des eaux glacées de l'Aune, l'enfant qu'elle ne voyait, n'entendait pas. Larmes de ma solitude et de ma claustration, à travers lesquelles je te rejoins enfin, toi, cet Autre de moi-même où, pour la première fois, triste, si démesurément triste, je te pleure, Guy, mon seul ami, nos rires, nos accolades, toi, elles toutes, leurs si frêles dépouilles, dans le sable brûlant, face à la vague qui se dresse, et demandant pardon.

45

À LA VUE DE LA MAISON, je me prends soudain à espérer que Lisa est là, à m'attendre. C'est un rêve un peu fou. Je n'ai vu sa voiture nulle part. Après une pareille nuit, j'aurais tellement besoin de la serrer contre moi. Je tourne la clef dans la serrure. Je fais un pas dans l'entrée, je pénètre dans le salon. Vide. Mes yeux s'attardent sur le tapis où nous avions dû nous allonger. Dans la cuisine, je reste, un instant, en arrêt devant les bandes de scotch noires collées aux fenêtres. L'intrusion de ce journaliste... Tout me semble si lointain. Je les retire une à une, laissant, peu à peu, entrer le jour. En face, c'est leur jardin : champ de trous et de terre éventré qui ne m'atteint plus. Tu es si loin, Guy, désormais. Depuis que mes larmes ont jailli, ta nuit n'est plus la mienne. Personne dans mon atelier et pas âme qui vive dans la chambre. Je m'assieds un moment sur notre lit. Je regarde par la fenêtre. Me feras-tu une crise au sujet de Claridge ? Sentir ta jalousie. Je le voudrais si fort. Il ne me reste plus que ton « antre ». J'ouvre la porte et tu n'es pas là, bien sûr. Mais tes tableaux, si. Tes tableaux qu'il me semble voir pour la première fois tant ils me pétrifient d'émotion. Toute cette beauté qui étincelle et qui explose. Je m'approche de ton dernier, que je trouvais du niveau d'un gribouillage. Ce bleu si intense perdu dans tout ce gris : brouillard flou, quasi liquide, qui transperce la toile. L'Aune... Mon Aune. Et dans cet autre, ce jaune entremêlé de tous ces verts. Tes yeux, mon amour. Tes yeux de rage et de soleil. Comment n'ai-je pu voir cela ? Et là, dans ce troisième, ces éclaboussures de mauve barrées de milliers de traits. Toutes ces larmes que je retenais et qui – je le comprends seulement maintenant – t'ensevelissaient. Je t'aimais si fort pourtant. Mais qui ? Qui, ma Lisa, quand je découvre, face à tes toiles, l'étendue de mon aveuglement ? Je m'avance vers un quatrième, un cinquième, un sixième. Partout ce ruissellement de fièvre à force de tant m'aimer. Moi, l'enfant du dessous des couvertures qui, depuis le premier jour, te retient prisonnière entre ces murs. Ces murs, notre maison, Lisa. Royaume de pierres et de silence où je t'avais sacrée reine. Toi, ma seule porte tandis que je marchais le long de l'Aune et que je refusais les fêtes, les dîners, les pots à l'usine, les week-ends, la famille, les amis. Agrandissant inexorablement l'écart. Oh, bien sûr, il y a eu le miracle de notre fils, Abdane aussi. Mais j'étais encore si loin et je m'agrippais si désespérément à toi. Comment, mon amour, as-tu pu, si longtemps, trouver la force de m'attendre ?

Je balaie du regard, une dernière fois, tes toiles. Ce jeté de lignes au milieu de ces pourpres. Ta lutte, ton épuisement à ne pas me voir éclore. Et ici, tous ces cercles parmi ces bruns très doux. Ton corps, Lisa. Son épaisseur réelle. Et là, ces roses, dans ce geste si libre. Combien de femmes es-tu ? Combien, moi qui pensais te ceindre, te protéger ? Pluie noire, encore ici, qui dégouline. Mon regard qui t'échappe, notre fils qui s'en va. Et dans celui-là, tous ces blancs qui éclatent et qui cherchent, suffocants, l'air libre. Tes yeux à nouveau, tes yeux qui, inlassablement, m'appelaient, moi qui, chaque jour, me noyais un peu plus profondément. Tes yeux si vastes, mon amour. Jusqu'à m'offrir notre fils : celui vers lequel je n'ai pas pu, je n'ai pas su. Tes yeux d'ardeur et de racine. Abîme de vie. Aberration de vie. Et face auxquels je m'ouvre. Et où, enfin, je te vois.

Il ne me reste plus qu'une chose à faire.

Je regarde longuement l'entrée, son mur de pierre dont j'étais si fier. Je regarde la cuisine, sa terrasse inachevée qui m'a coûté tant d'heures de travail, la porte en chêne massif rabotée des nuits entières. Puis, je décroche le téléphone et je compose ton numéro. Ta messagerie s'enclenche. Je prends une large inspiration.

« Lisa, j'ai compris. Pardonne-moi pour tout. Je suis d'accord pour vendre, partir et tout recommencer. »

Épilogue

Thierry,

Je ne sais pas ce qui t'a poussé à frapper à ma porte ce jour et à cette heure précisément. Je ne le saurai sans doute jamais. Mais je voulais que tu saches que j'avais décidé d'en finir. Les cachets étaient prêts. Il ne me restait plus qu'à m'habiller. J'ai tellement enduré de sales trucs, j'ai tellement gâché de choses aussi. Alors voilà, je voulais juste te remercier d'avoir écouté la petite voix qui t'a mené jusqu'à moi. C'est tellement dingue que tu sois arrivé juste à ce moment-là. C'est qu'il y a bien quelque chose qui désire que je reste. Ne me demande pas quoi. Je n'ai jamais été douée pour les réponses. Mais quelque chose qui me donne envie de vivre enfin. Voilà, c'était impossible de garder ces mots plus longtemps.

Claridge.

P-S : Moi qui pensais que la vie n'était qu'une longue nuit. Non seulement cette nuit vient de s'arrêter, mais je sais maintenant que, sous elle, la lumière depuis toujours, a déjà gagné.

Remerciements

Tout d'abord, à Isabelle Durand-Zaleski, pour son hospitalité renouvelée chaque année et qui me permet d'écrire en toute quiétude.

À Gilbert Mazeau, qui s'est si intelligemment prêté à l'exercice de l'interview et qui m'a livré une si belle matière sur la vie paysanne. À Michèle, sa femme, et à Raymond Bellenger, qui m'a confié son histoire.

À Matthieu Frachon, pour son aide précieuse au sujet de l'enquête policière.

À Robert Tonon, dit « Bob », qui s'est plié en quatre pour m'expliquer son métier de responsable maintenance.

Au SIRPA (Service d'informations et de relations publiques des armées) et, spécifiquement, à l'enseigne de vaisseau Anne-Marine Gire, qui s'est montrée remarquablement dévouée.

À Laurent Martin, commandant de l'École des fusiliers marins à Lorient, qui m'a délivré une matière formidable sur les forces spéciales de l'armée de terre.

À Frédéric Pieretti, qui m'a présentée au commandant Martin. À Frédéric Miquel, qui m'a éclairée sur le monde militaire.

À Sabine Wespieser, mon éditrice, avec laquelle c'est un tel plaisir de travailler, d'avancer...

À Xavier, sans l'amour duquel j'aurais eu bien du mal à aller jusqu'au bout de ce roman. À mon frère Nils, qui s'est montré si bienveillant avec moi. À ma fille Olivia.

À toi enfin, Mum, partie si vite cette année. Quelques jours avant ce premier effondrement qui allait, si précipitamment, te conduire vers la fin, on avait pris un pot au soleil. Tu venais de lire mon roman et tu l'avais trouvé puissant. Devant les passants surpris, j'avais laissé éclater ma joie. Tu l'avais aimé. J'étais si heureuse !

J'étais à mille lieues d'imaginer que c'était notre tout dernier *teatime* et que ces pages seraient les dernières que tu lirais. Alors, voilà, je te les dédie entièrement, et tant pis si le sujet ne s'y prête pas. Avec toi, la lumière gagnait toujours. Jusqu'au bout tu l'auras fait briller.

ACHEVÉ D'IMPRIMER
EN NOVEMBRE 2020
SUR LES PRESSES
DE
L'IMPRIMERIE F. PAILLART
À ABBEVILLE
POUR LE COMPTE
DE SABINE WESPIESER ÉDITEUR

IMPRIMÉ EN FRANCE
NUMÉRO D'ÉDITEUR : 192
ISBN : 978-2-84805-385-1
DÉPÔT LÉGAL : JANVIER 2021